ベリーズ文庫

バツイチですが、クールな御曹司に熱情愛で満たされてます!?

高田ちさき

STARTS
スターツ出版株式会社

目次

バツイチですが、クールな御曹司に熱情愛で満たされてます!?
第一章　私の大切な場所……6
第二章　敵か味方か……40
第三章　苦い記憶……98
第四章　新しい私……155
第五章　過去との決別……223
第六章　あなたとともに……273
特別書き下ろし番外編
家族のかたち……284
あとがき……298

バツイチですが、クールな御曹司に
熱情愛で満たされてます!?

第一章　私の大切な場所

梅雨明け間近のじめじめした日が続く週末。

私は『グランドオクト東京《とうきょう》』のロビーにあるカフェラウンジで、アイスティーを飲みながら午後のひと時を過ごしていた。

オリジナルブレンドの紅茶はここでしか飲めず、今日みたいな日はアイスティーで決まりだ。ミントが浮かんでいるおかげですっきりとして美味しい。夏季限定のマスカット味のマカロンとの相性もばっちりだった。

はぁ……癒される。

高級感のあふれる空間で、ゆっくり過ごす。しがない会社員である私、佐久間伊都《さくまいと》の休日の贅沢な過ごし方。三年前にここの紅茶にはまってから、月に何度かここでゆっくり過ごすのが楽しみのひとつになっていた。

持ち帰り用の茶葉をスタッフに用意してもらう間、席に座ってぼーっとすることを楽しむ。日々営業職として忙しくしている私にとっては、なにも考えずに過ごすのは最高の贅沢だ。

来るたびに思うのだが、ホテルにはさまざまな人が行き交っている。家族連れやカップルや夫婦、友人同士、そんな人たちを眺めつつ過ごすのが好きだった。

私の前のテーブルには、高齢の男性と幼稚園児くらいの男の子が座っている。ふたりでケーキを半分こしている姿が微笑ましい。

私もおばあちゃんっ子だったな……。

小さな時に祖母にかわいがってもらったあったかい日々を思い出しながら、彼らを眺める。

すると私の視線に気が付いた男の子が手を振ってきたので、私も振り返す。見ているだけで胸がキュンとなる無邪気な笑みが尊い。

かわいいなぁ。

私に背中を向けていた高齢の男性も男の子の様子を見て振り向いたため、お互いに笑顔で会釈した。

その時、男性のスマートフォンが鳴りはじめた。通話はラウンジの外に出てするのがマナーだ。

ただ子どもを置いて外に出ていくわけにいかないのか、困った様子だ。ここで私のおせっかいが発動してしまう。

「あの、もしよろしければ私が一緒に待っていますよ」

いきなり声をかけられ、男性は驚いたようだ。

「いやしかし……ご迷惑でないですか？」

「いいえ。もう少しここにいるつもりですから、遠慮しないでください」

ラウンジの外からもこの席はよく見えるから、安心だろう。

「僕、お姉ちゃんと待ってるよ」

「わかった。電話が終わったらすぐに戻ってくるからね。すみませんが少しの間よろしくお願いします」

男の子の言葉が後押しになり、男性は電話のために席を外す。私は男の子に「隣に座ってもいい？」と許可を得て横に座った。男の子はにっこりと笑いながら私を見上げている。

かわいい。ちょっとした人助けのつもりだったけれど、私の方が癒されている。

待っている間、彼が通っている幼稚園の話や好きなアニメの話を聞いていると、電話を終えた男性がこちらに向かってきた。

それを見た男の子が立ち上がろうとして、飲んでいたオレンジジュースのグラスに手が当たった。そして見事にひっくり返って私にかかってしまう。かなりの量のジュースが白いスカートに染み込んでいく。

「ご、ごめんなさい」

それまで楽しそうにしていたのに、男の子の目に涙がみるみるたまる。

「大丈夫だよ、泣かないで。しっかり謝れて偉いね」

泣きそうになっている男の子を慌てて宥めていると、男性といつも顔を合わせるカフェのスタッフがこちらにやってきた。

「すみません、大丈夫ですか？」

「はい、心配ありませんから」

白いスカートをはいていたせいで汚れが目立つが、ケガはしていないので問題ない。クリーニングすれば大丈夫だろう。

「こちらをお使いください」

スタッフに手渡されたおしぼりを使ったら、汚れが少しましになった。

「クリーニング代はこちらに請求してください」

男性が名刺を差し出そうとした瞬間、背後から声がかかる。

「その必要はございません。クリーニングはわたくしどもが責任を持ってさせていただきますので」

振り返ると、別のスタッフが立っていた。ネームプレートを見るとマネージャーと書いてある。

見上げるほどの長身が、黒いスーツに包まれている。ホテルスタッフの制服ではない。マネージャーとあるけれど、まとっている静謐なオーラからもっと立場が上の人に見える。

少し長めの前髪はサイドに流して清潔感がある。形のいい目にスーッと通った鼻筋。見とれるほど男らしい整った顔。接客中だからか柔和な雰囲気をまとっていて、話しかけやすい。彼の周りだけ、なにやらきらきらと輝いて見える。

そんなはずはないと思ったけれど、周囲の人もちらちらと彼を見ている。やっぱり彼が眩しく見えるのは私だけではないようだ。

思わずジッと観察してしまったけれど、責任者と思われる彼がここに来たということは、他のお客様の迷惑になってしまっているのかもしれない。

「いえ、本当に大丈夫ですので。大した服じゃありませんし。あの、私の服は大丈夫なので、この子のジュースをお願いできませんか？　すべてこぼしてしまったんです。せっかく美味しいって飲んでいたのに」

新しいジュースを飲んだら、男の子の悲しい気持ちも少しは癒されるかもしれない。

子どもの悲しげな表情は胸が痛む。

「もちろんそれは、手配させていただきます。ですが、お客様をこのままお帰しできません。こちらへお願いします」

男性マネージャーは私をどこかに案内しようとしている。確かにここにずっといたら、他のお客様の迷惑になるだろう。私のようにゆったりとした時間を過ごすために来ている人もいるだろうし。

あまり拒否するのも失礼になると思い、お言葉に甘えて彼についていくことにした。ラウンジから出る時に男の子に手を振ると、彼もこちらに手を振ってくれた。その顔に笑みが見えてホッとした。どうかあまり気にしないでほしい。

そう思いながら、言われるままついていった。

案内されたのは、最上階にある特別広い部屋……多分スイートルームだろう。ベッドルームがふたつ、ダイニングやバーカウンターまである。

ふかふかの絨毯に足を取られそうになりながら、男性マネージャーにバスルームに案内される。

「こちらでシャワーをお使いください。着替えは女性スタッフに届けさせますので」

気遣いはうれしいけれど、少し大袈裟ではないだろうか。

「いえ。そこまでしてもらわなくても大丈夫です。あの場で話をしていると他の人の迷惑になる手前、ここについてきちゃいましたが」

「それでは私が上司に叱られてしまいます。どうか助けると思ってこちらの申し出を受けてもらえませんか？」

困ったような笑顔を向けられてしまうと、頑なに断る方が迷惑に思えてきた。でもさっきネームプレートには【八神《やがみ》】という名前とともに、マネージャーって書いてあったはず。ある程度責任のある立場の人なのに上司に叱られちゃうの？

疑問に思うこともあるが、確かに少しべとついている腕を綺麗にしたい。この後、一軒寄るところもある。

「ではお言葉に甘えます」

私の言葉に彼は、ホッとしたように微笑んだ。

それを見てこれでよかったんだと思う。それにこんな素敵な部屋で過ごすなんてめったにないことだ。

「どうかゆっくりとお寛ぎください」

「はい、ありがとうございます」

私が受け入れたことに安心したのか、八神さんは部屋を出ていった。

初めてのスイートルームだから本当はあちこち見て回りたい気がするけれど、シャワーを借りるだけなのであまりのんびりしていられない。

逆に迷惑になってしまったら申し訳ないもの。

まっすぐに向かったシャワーブースには、有名ブランドのシャワージェルやシャンプーなどが置かれており、せっかくだから全部堪能したかったけれど、この後予定があるので軽くシャワーだけ浴びる。立派なバスタブに浸かってゆっくりしたい気持ちだが、それはまたいつか。

ボーナスが出たらこのホテルで絶対ホカンスしよう！

シャワーブースを出ると洋服が届いていた。箱に入っているが私でも知っている高級ブランドのものだ。

「なんでこんな高いものを」

ちょっとした親切の見返りにもらっていいものではない。

どうしたものかと迷っていると、部屋がノックされた。

「八神です、ご不便はございませんか？」

どうしよう……八神さんにバスローブ姿を見せるわけにはいかない。かといって無視するわけにもいかず。

私は苦肉の策でドアガードをしたまま少しだけ扉を開けて対応する。

「あの……用意していただいた洋服なんですが、私には分不相応みたいです。できれば着ていた洋服を戻してほしいんですが」

まだ箱から出してもいないので、返品は可能なはず。

「お気に召しませんでしたか？」

わずかに沈んだ声に、申し訳なさを感じる。

「いえ、違うんです。お気遣いは大変ありがたいんですが……私、あんな高級な服を着たことがなくて」

すらっとした長身で顔が小さくて手足が長いモデルが、このブランドを着こなしているのを雑誌で見た。

それに比べて私は、身長一五八センチ。忙しいと時々食事を抜いてしまうせいか最近お肌の調子が悪い。おしゃれに興味がないわけではないけれど、二十八歳になった今、多忙のせいか昔ほど美容にかける情熱がない。

仕事を言い訳にしてはいけないと思いつつ、最低限の手入れしかできていない。唯一手をかけているのは、背中まであるストレートの黒髪。トリートメントとブラッシングだけはきちんとするようにしている。

高級ブランドの洋服は、そんな女性としてはちょっと残念な感じの私の身の丈に合っていない。自分で言うのは気が引けて言わなかった。

「ご迷惑でなければぜひお着替えください。お客様の洋服はすでにクリーニング業者に出してしまいましたので」

「そう……ですか。わかりました」

覚悟を決めて、準備された洋服を着るしかない。

似合うはずがないとわかっている洋服を着て、その姿で人前に出るのに気が引ける。

「はい。ではお着替えが済んだ頃に、またまいります」

八神さんが去っていったので私は仕方なく着替えることにした。

箱を開けて中からワンピースを取り出す。

「わぁ、素敵」

肌触りのいい生地だ。白地に藍色の花がプリントされており、目にも涼しく今の時季にぴったり。ブランドのイメージからもっと華々しい雰囲気を予想していた私は、意外性に驚くとともに、選んだ人のセンスに感心する。

ちゃんと私でも着られそうなものを選んでくれてる！

私はちょっとうきうきしながら、さっそくワンピースに袖を通した。

「かわいい～」

さっきまでは分不相応だなんて思っていたのに、実際に身に着けると思わず感嘆の声をあげた。

鏡の前でくるりと回ってみる。柔らかなスカートが軽やかに翻り、私の心も跳ねる。

数分後にチャイムが鳴り、すぐに扉を開けた。

部屋に入ってきた八神さんが、私の様子を確認してにっこりと微笑んだ。

「お着替えの方も問題がないようで安心しました」

「問題なんてまったくないです！　すごくかわいくてありがとうございます」

「お客様に似合いそうだったので、手配させていただきました」

彼の言葉に驚いた。

一流のホテルマンとなると、顧客の要望に応えるためのセンスもそなわっているようだ。

「わざわざ選んでくださったんですか？　すごく素敵で選んでくれた人のセンスが素晴らしいと思っていたんです」

思わず興奮して、身に着けた時の感動を伝えてしまった。

「女性スタッフに任せた方がいいかと思ったのですが、時間がございませんでしたので。そう言っていただけて安心いたしました」

「先ほどは着るのを拒否してすみませんでした。こんなに素敵なら早く着るんだった。こういうのって……あの、怪我の功名っていうんですかね？」

「お詫びの品なのにそんな風に気を使ってもらって申し訳ないです」

恐縮しながらも微笑む彼の柔らかい笑みに思わず惹きつけられる。うっかり胸をときめかせてしまって「だめじゃないの」と心の中で自分を叱り、現実に目を向けさせる。

「いえ、あの。ここまでよくしてもらったのでもう本当に大丈夫です。この洋服代もお支払いしますから。えーと」

私はバッグを探して自分の名刺を差し出す。

「佐久間伊都と申します」

「ご丁寧にありがとうございます。私は八神恭弥《きょうや》です。こちらでマネージャーとして働いております」

今考えてみたら責任のある人が出てくるほどの騒動になっていたのだと、申し訳なさが募る。本来なら、その場でやり取りして終わりのはずなのに、こんな待遇までしてもらって……。

「あの、ご迷惑をおかけしました」

改めて謝罪をする。

自分から子どもを見ておくと言ったのに、結果こういう事態を引き起こしてしまった。起こってしまった後だって、さっとあの場を辞すれば済んだ話だったのに。

「いえ、佐久間様は人助けをしただけです。本来ならばわたくしどもがお客様のお手伝いをする立場にあるのに。お礼を申し上げます」

「そんな、とんでもないです」

私は頭を左右に振って否定した。

八神さんはテーブルに近付き、椅子を引いてこちらを見る。

「お茶を用意させていただきました。どうぞおかけください」

遠慮すべきなのかもしれないが、彼が押してきたワゴンには茶器とお菓子が用意されていた。すべて断るのもなんだか相手に失礼な気もするし、せっかくのお茶がダメになるのはもったいない。

いろいろしてもらうのは、これで最後にしよう。これ以上は本当に過度な対応だ。

お茶請けのパイと紅茶がテーブルに置かれた。紅茶は八神さんが手ずから淹《い》れてくれたものだ。その所作も美しく、洗練された動きに目が釘づけになった。

テーブルに置かれたカップからは、柔らかな湯気と一緒にさわやかな香りが立ちのぼった。

「いただきます」

はぁ、美味しい。

トラブルでばたばたしていたけれど、大好きな紅茶を飲んだらリラックスできた。

「美味しいです」

「それはよかったです。先ほども紅茶でしたので別のものをお持ちしようと思ったのですが」

「いいえ、私ここの紅茶がすごく好きで。それでここに通っているんです。ですからいくらでも飲めちゃいます」

「自慢の紅茶ですので、そう言っていただけるとうれしいです。あと、こちらを――」

彼が差し出してきたのは、オーダーしていた持ち帰り用の茶葉だ。

「わざわざありがとうございます。帰りに立ち寄ろうと思っていたんです」

「これを見て、おそらくこの紅茶をお持ちするのが一番だと思いまして」

こういうところまで気が付くのは、さすがホテルマンだ。

そしてそれに添えられる、笑顔が眩しい……。

うっかりするとついつい見とれてしまう。ここまでカッコいい人はなかなかお目にかかれないとはいえ、あまり見すぎるのは失礼だ。いつまでも見ていられそうだけれど、私は無理やり意識を別に向けた。

「お支払いを――」

私がバッグの中の財布を探しながら、立ち上がろうとしたら軽く制止された。

「これはわたくしどもの気持ちですので、今日はそのままお受け取りください」

「でもこれは、最初からお願いしていたものなので、払います」

ありがたいけれど、あまりにもあれこれしてもらいすぎている。

「いいえ、心ばかりのものですのでそのままお納めください」

微笑むその姿は美しいのに、どうしてだか妙な圧があって断れそうにない。

「わかりました。ありがとうございます」

結局、彼に押されて紅茶も受け取ってしまった。

あまりここにいると、さらに気を使わせてしまうかもしれない。

これ以上、長居しない方がいい。

私は紅茶を飲み干して、ソーサーにカップを置く。

「あの……。そろそろ失礼します」

バッグを手にゆっくりと立ち上がる。

「お時間があるようでしたら、私から個人的にお詫びをしたいと思ったのですが」

〝個人的に〟という言葉に引っかかったが、すぐに断りを入れる。

「……とんでもありません。もう十分ですので」

にっこりと微笑まれてドキッとしたが、紅茶を飲んだら帰ると決めていた。

先ほど名刺を渡したので、クリーニングが仕上がったら連絡をもらって取りに来よう。

「突然で驚かれるのも無理もないとは思います。ただ――」

「ごめんなさい、私もう行かないと。お団子屋さんが閉まっちゃうので。失礼します」

一瞬目を見開き、驚いた顔をする彼。その隙をついて出口に向かって歩き出した。

ここまで強引にしないと、意志の弱い私は好奇心に負けて彼にふらっとついていってしまいそうだ。

「……では下までお見送りを」

「いえ！　大丈夫です。クリーニングが仕上がりましたらご連絡ください。フロントにでも預けておいてもらえたら、後日取りに来ます」

私はそう言うと、すぐに部屋を後にした。

歩きながら冷静になる。〝個人的〟ってどういう意味だったんだろう。考えてみてもあまりよくわからない。先ほどホテルからは十分なお詫びをしてもらった。本来なら過剰なほどだ。

ホテルで起きた出来事まで〝個人的〟に責任を感じるなんて。八神さんの仕事にかける情熱はすごい。

ロビーまで来て、ふと時計が目に入る。

「嘘……もうこんな時間」

私はまだ陽射しが眩しい通りを歩いて、急いで目的地に向かった。


「遅くなってごめんなさい」

閑静な住宅街の一角にある、一軒の平屋。手入れされた玄関の前に立ちインターフォンを鳴らすと、友人の川渕環《かわぶちたまき》さんが出迎えてくれる。

「いらっしゃい、待ってたわよ」

友人といってもかなり歳が離れている。年明けに七十歳になった彼女とは、月に数度こうやって顔を合わせるようになって一年ほど経っていた。

「あらあら、汗かいているじゃないの。ほら早く中に入って」

「おじゃまします」

日傘をたたんで玄関先の傘立てに入れ、靴を揃えて中に入る。

年季が入っているけれど立派な平屋の一戸建ては、掃除も綺麗に行き届いており、玄関の一輪挿しにはヒメヒマワリが生けてあった。

丁寧な生活をしている彼女の家は、本当に心地いい。

いつか自分もこんな暮らしをしたいとひそかに憧れている。

「ほら、こっちに座って」

扇風機の前の席を勧められて、遠慮なく座らせてもらう。

「はぁ、生き返る」

汗で張りついていた前髪が風になびいた。

「はい、これ。麦茶よ」

「ありがとうございます」

氷の入ったよく冷えた麦茶をいただくと、ようやく体の熱が引いた。

「やっと落ち着きました。夕方なのにまだまだ陽射しがきつくて」

「そうね。昼間なんかとてもじゃないけど外は歩けないわ」

確かに、齢七十を超える婦人にとってこの夏の猛暑は外に出るだけで体に堪えるだろう。

「なにかあったら大変ですからね。急がないお使いなら私が行きますから。と、いうことでこれをどうぞ」

「ありがとう。手元にあるのを二、三日で飲み切りそうだったの」

先ほどホテルで手に入れた紅茶を渡す。環さんも私と一緒であのホテルオリジナルブレンドの紅茶が好きなのだ。

「それとこれ、この間言っていたお団子です。できたてが美味しいんですけど、今食べたら夕食に差し支えますか?」

柔らかいうちが美味しいのだが、予定が狂ってここに来るのが遅くなってしまった。おやつの時間はとっくに過ぎてしまっている。

「その時はその時よ。せっかくだし伊都ちゃんと一緒に食べたいわ。ひとりだと美味しさも半減だもの」

おちゃめにニコッと笑った環さんが立ち上がろうとしたので、それを制して私が立った。

「お茶とお皿ですよね? 私が用意します。いつものところでよかったですか?」

「悪いわね、お願いするわ」

環さんはお歳にしては元気に過ごしているが、足が時々痛むようだ。ここに来た時はいろいろお手伝いをするようにしているので、普段使うものの置き場所は把握している。

お皿とウェットティッシュ、それと環さんの分のお茶を持って戻る。

「みたらし団子って美味しいけど、手がべとべとになるのが玉《たま》に瑕《きず》ですよね」

「そうよね。でもそれを我慢してでも食べる価値があるのでしょう?」

「もちろんです。この間お客さんにいただいて、絶対環さんと一緒に食べたいって思ってたんですよ。どうぞ」

串に刺さったお団子を、お皿にのせて環さんに差し出す。

「あらあら、美味しそうだわ」

女ふたりでの小さなお茶会が始まった。

「あら、本当に美味しい。お団子は柔らかいし、それにこのみたらしのたれが絶品ね」

「ですよね?　よかったー!」

環さんが食べて感想を言うのを待ってから、私もお団子に手を伸ばした。

美味しそうに顔をほころばせているのを見て、うれしくなる。

実は午後からお茶やお菓子を食べ続けているので、お腹は空いていないのだけれど、美味しいものは別腹だ。

「ん～幸せ」

「ね～」

歳は離れているけれど、不思議と気が合ってこうやって仲よくしている。

偶然の出会いがもたらした幸運だ。

もともとおばあちゃんっ子だったせいか、この家に来て環さんとゆっくり過ごす時間は私にとって安らぎのひと時なのだ。


環さんとの出会いはちょうど一年前のこのくらいの時季だった。

去年も今年とたがわずなかなかの猛暑日が続いていた。そんな中、雨の降ったほんの少し涼しい日。

私はたまたまこの近くの取引先からの帰りに、雨の中で困っている環さんを見かけたのだ。

『大丈夫ですか？』

私が声をかけると、環さんは少し驚いた表情で顔をこちらに向けた。そして困ったように眉尻を下げる。

『ええ、こんな道の真ん中でお邪魔よね。ごめんなさい』

申し訳なさそうにしている姿を見ると、放っておけない。

『いいえ、お困りでしたらなにか手伝いましょうか？』

『実は――』

どうやら草履の鼻緒が切れ、その時に足をわずかに痛めてしまい歩けなくなったようだ。

自宅近くなのでタクシーに乗るほどでもないと悩んで立っていたらしい。

『わかりました。はい、どうぞ』

私は環さんの前に背中を見せてかがんだ。

『近くなんですよね？　おぶっていきます』

『いいえ、そんな……悪いわ』

『遠慮しないでください。私こう見えても力持ちなので』

どんと胸をたたいてみせると、環さんはくすくすと笑った。

『じゃあお言葉に甘えて、肩を貸してもらおうかしら。家は本当にすぐそこなの』

指をさした先には、一軒の平屋がある。

『では、ゆっくり歩いていきましょう』

『悪いわね。ありがとう』

申し訳なさそうに微笑んだ環さんを支えて、自宅に連れて行く。

送り届けた後はすぐに帰るつもりだったのに、タオルを貸すから中に入れと言われ、お言葉に甘えて玄関でタオルを借りることにした。

その時に体が冷えるといけないからと、環さんが紅茶を出してくれた。

ひと口飲んで驚いた。この香りと味は――。

『これってグランドオクト東京のものですよね？　私もここの紅茶大好きなんです。美味しいですよね』

『あらご存じなの？　実は亡くなった主人とよく飲んだのよ。それで今も時々買いに行っていたんだけど、なかなか遠くてね』

先ほど見ていたら、少し膝も痛そうにしていた。雨だととくに痛むのだろう。

独り暮らしで、遠出するのも大変だという。

ここでも私のおせっかいが出てしまう。

『もしよければ私が買ってきましょうか？　実は私もそこの紅茶のファンで月に一度以上はラウンジに行くので』

『本当？　助かるわ。年を取るとそんなに頻繁には行けないから』

『私の名刺を渡しておきますね。電話番号はこっちの個人の携帯の方へ連絡ください』

会社の名刺を渡したのは、私がどこの誰かわかった方が安心すると思ったからだ。純粋な親切心だけれど、押しつけになってはいけないし、環さんから連絡があった場合だけ対応した方がいい。

『ご丁寧にありがとう』

にっこりと笑う様子を見て、私は上がり框から腰を上げた。

『いいえ。では私はこれで』

『あら、もう行っちゃうの？』

社交辞令でもそう言ってもらえると、うれしい。

『はい、これからまだ会社に戻って仕事をしなくちゃいけないので』

実は直帰の予定だが、あまり長い時間居座っても悪いので、この辺で切り上げる。

『あらそう。本当にお電話していい？』

その表情に、育ての親でもある亡くなった祖母の顔が思い浮かぶ。

『もちろんです。ぜひ』

その日のやり取りを忘れかけた二カ月後……環さんから連絡があった。

最初の半年は玄関先でお茶を受け渡すだけ。なにがきっかけか忘れてしまったけれど、気が付けばご自宅に上がらせてもらっておしゃべりを楽しむようになっていた。

心身ともに疲れ切っていた私は、彼女と過ごすことで温かい気持ちになれた。

人には理解されづらいかもしれないが、年の離れた環さんとの交流は私の人生においてとても大切な時間なのだ。


「伊都ちゃん、今日はなんだか雰囲気が違うわね」

お団子を食べながら環さんが指摘する。

「鋭いですね。実はちょっとトラブルがあって、このお洋服を着たんですけど」

「そうだったの。てっきりこの後デートかと思ったのに」

デートという単語を聞いてなぜか八神さんの顔が思い浮かんだ。

どうして今、彼が思い浮かんだのかしら。不思議に思いながら環さんの言葉を否定する。

「そんなはずないじゃないですか。それに私はもう恋愛はいいかなって」

「そう……もったいない。こんなにかわいいのに」

「そう言ってくれるのは環さんだけですよ。今日はたまたますごいイケメンが魔法をかけてくれただけ」

自分では選ばない洋服。今までの自分とは違う一面を見られたのは彼のおかげだ。

「その彼に恋しそう？」

「まさか。それはないですよ。残念ですけど、私は仕事が恋人ですから」

笑ってごまかしながら私は串に残っていた最後のお団子を食べた。

恋愛……かつての私は人並みに恋を経験してそれなりに幸せだった。でも今の私にとっては必要のないものだ。

あんな思いは、もう二度としたくない。

暗い過去がよみがえりそうになり、私はそうなる前に心にふたをした。

「私、そろそろ帰りますね」

楽しい時間はあっという間だ。ここに来てすでに一時間以上経過している。

「あら、ごはん食べていかない？」

「うれしいんですけど、実は今お腹がいっぱいで……」

昼からあれこれ食べてばかりの私のお腹はすでにパンパンだ。

「じゃあ詰めてあげるから、持って帰りなさい。牛肉のしぐれ煮作りすぎちゃったの」

「いいんですか⁉　私、環さんのしぐれ煮大好きなんです。明日のお弁当に入れよ

思った。

キッチンに向かう環さんの背中を見て、穏やかなこの時間を大切にしたいと心から
「うれしいこと言ってくれるわ。今すぐ準備するわね」

環さんの作るごはんは、丁寧で優しい味がする。

う！」


駅から十分。十階建てのマンションの五階の角部屋が私の部屋だ。

築十年だけれど二年前の入居時にリフォームされており、快適に暮らしている。

扉を開けると、玄関に置いてあるポプリの香りが鼻をかすめた。

「ただいま」

誰もいない部屋に、私の声が響く。

「あ……」

その時になって、環さんの家に日傘を忘れてきたのに気が付いた。

また今度でいいかと思いつつ、環さんからもらったタッパーを冷蔵庫に入れてから、
部屋着に着替えた。

脱いだ洋服はしわにならないようにハンガーにかける。それをソファに座って眺め

ていると、今日の出来事が頭に浮かんできた。

あの子あんまり気にしていないといいな。

ジュースをこぼしたのはわざとじゃないし、子どもならよくある。私としてはやりすぎだというくらい、お詫びをしてもらった。

それに今日の最終目的である、環さんへのお届け物も無事渡せたし。

環さんの家は心地いい。高齢女性の独り暮らしだけれどよく手入れされていて、環さんが、亡き旦那様と過ごした家を大切にしているのが伝わってくる。あちこちに、大切な思い出があるのだろう。

同じ独り暮らしの私の部屋とは違う。

温かい思い出はないけれど、それでも私にとっては大切な場所だ。

失意の中で暮らしはじめたこの部屋は、私を守る殻のようなものだ。ここにいる間は強い自分でなくてもいい。

外ではしっかりしていないと。いつまでもかわいそうだと思われたくないし、思いたくないから。

今時、離婚なんてよく聞く話だ。

そう言って周囲の人たちは慰めてくれる。それはそうなのだけれど、それでもひとりひとり事情があり、傷ついている。

私も離婚のきっかけとなったあの日の出来事は、忘れられない。

＊＊＊

今から二年半前。私は結婚生活のことで悩んでいた。

元夫の谷口良介《たにぐちりょうすけ》は、最年少で課長に昇進した四歳上の上司だった。

公私ともに頼れる人。私は彼に全幅の信頼を置いていた。

新卒で入社した会社で営業職に就き、右も左もわからない私から見て、バリバリと仕事をこなす彼は憧れの存在。優しくて時に厳しくユーモアにあふれ、男気のある彼はまさに理想の上司だった。

そんな彼に告白された私は、すぐにＯＫした。

周囲に慕われていた彼との交際を、みんなが後押ししてくれた。私にとっては初めての恋愛で男性と付き合うこと自体が不安だったが、職場のみんなが賛成してくれて心強かった。

頼りがいのある彼。就職後、学生時代とは違うプレッシャーを感じる毎日に鬱々と過ごす日もあった。しかしそんな時に彼から『綺麗だね』『好きだよ』『君といられて幸せだ』といった甘い言葉をもらえると、それだけで胸の中にあったもやが晴れていった。

後から思えば、彼への依存度がこの頃どんどん強くなっていっていた。彼の言う通りにしていれば間違いない、彼は私を幸せにしてくれるのだと。

仕事終わりや週末のデートでは、女性として大切にされ、仕事でも彼の指導で社会人として成長を実感する。公私ともに彼と過ごし支えられ、自分は幸せだと信じていた。

だからずっと一緒にいるのがあたりまえだと思っていた。

半年ほど付き合った後のプロポーズ。断る理由のない私は彼との結婚を決意した。

永遠の愛、永遠の幸せ。

それがずっと続いていくものだと思っていた。愛し愛され、支え合う人生。なにがあってもふたりで手を取り合って前に進む。それが結婚だと思っていたのに。

しかし憧れの彼との結婚生活は、自分が思い描いていたものとはかけ離れていた。

結婚して半年ほどしたあたりから、気持ちのすれ違いが多くなっていった。というよりも、あからさまに彼の私に対する態度が支配的になっていったのだ。

『俺の言うことだけ聞いていればいい』

『なにをやらせてもダメだ』

『お前は本当に役立たずののろまだな』

言葉だけではなく、態度も冷たかった。

作った食事には手をつけず、家事や仕事の失敗をいつまでも責められた。彼が家を空ける日も増え、それら全部を自分がいたらないせいだと思っていたのだ。『妻は夫を支えるものだ』と散々言い聞かされてきたからだ。

それだけ、私は子どもだった。

しかし自分を責め続ける毎日に強いストレスを感じはじめる。気持ちも沈みがちで仕事にも集中できない。

誰かに聞いてほしくて、仲のいい同僚に相談した。しかし返ってきた言葉は『谷口さんはそんな人じゃない。少し虫の居所が悪かったんじゃない?』だった。

その時理解した。きっとここには私の気持ちを理解してくれる人はいない。会社での彼と私の夫である彼とではあまりにも人格が違いすぎる。

そんな私を追い詰めるかのように、私が結婚生活に悩んでいるという話を同僚が彼に伝えてしまった。よかれと思ってした行為だろう。会社での彼しか知らない人なら心配してそうした行動に出たのも理解できた。

しかしその出来事が私にとっては、結婚生活が修復不可能だと判断するきっかけになった。

帰宅後、激高した彼が夫婦茶碗を目の前でたたき割ったのだ。

その時、私の心も壊れてしまった。

離婚が決定的になったのは……早めに出張を終えて住んでいたマンションに戻り、知らない女性が夫と裸で抱き合っていたのを目撃した時だ。

皮肉だけど、その最悪な出来事がきっかけとなり、私は目を覚ますことができた。夫婦だから我慢しなくてはいけないという呪縛から逃れられた。

それから私は彼と別れ、転職もした。

仕事と家庭。大切に思っていたものが自分の手のひらからなにもかもこぼれ落ちていった。

＊　＊　＊

抜け殻だった私を救ってくれたのは、新しい仕事と環さんだった。

離婚の後遺症のようなもので、恋愛に対しては臆病になってしまった。そもそも元夫の本性を見抜けなかった私は恋愛に向いていないのだろう。

このままだとさみしいと思う気持ちもあるが、恋愛はしなくても生きていける。二年経った今、自分なりの幸せを得られるようになった。

あの頃のことは今もなお、心の傷として残っている。あんな思いをするくらいなら、今の平穏な日常を送る方がずっと幸せだ。

はぁと大きく息を吐いた。時々こうやってとりとめのないことに考えを巡らせてしまう。

ただ、自信を持って言えるのは、結婚していたあの時よりも今の私はずっと幸せだということ。人と比べるのではなく、過去の自分よりも幸せになっていればそれでいい。

ソファに座ってもう一度、今日八神さんが選んだワンピースを眺める。なんとなくその場所だけ輝いているように見える。身に着けると軽やかな気分になり、久しぶりに洋服で気持ちが明るくなった。

自分には似合わないと思っていたのに、着てみればとても素敵で気に入った。

まだまだ人生には新しい発見がある。

「さて、明日も仕事だしもう寝よう」

一日リフレッシュできた体を休めて、明日の仕事に備えるために早めにベッドに向かった。

第二章　敵か味方か

もう何日、自宅で眠っていないのか。

わずかに渋滞している街中を車で走りながら考えた。

しかしすぐに意味のないことだと、考えるのをやめる。この仕事をしていたらホテルが自宅のようなものだ。

いつものことなので問題はない。そんなことを言えばこれから行く先にいる人物は「早く帰って寝なさい」と俺を叱咤するに違いないけれど。

目的地に車を止め、周囲を確認してから中に入る。

「環さん、いる？」

預かっている鍵を使って解錠した玄関の引き戸を開け、靴を脱ぎながら声をかける。

「もうお祖母《ばあ》様と呼びなさい。三十五にもなって礼儀もわからないのかしら」

中から顔を出した祖母の元気そうな顔を見てホッとする。

「ここに来る時くらいはいいだろう。誰か来てたのか？」

玄関に見慣れない紺色の日傘がある。

「あら、忘れていったのね。ほら、前に言ったでしょう。かわいいお友達ができたって。その子がさっきまで来ていたの」

「なるほどな」

興味がないふりをして部屋に入る。日傘の持ち主の予想はついたが、それについて今は深く尋ねないようにした。

「食事は？」

「いらない。ちょっと顔を出しただけだから」

「そうなの」

祖母の少しさみしそうな顔を見たら、申し訳なくなる。本当ならもう少し時間を取りたいが、あいにくそんな時間はない。

『八神ホールディングス株式会社』。グランドオクト東京を始めとしたホテル事業を中心としたグループ企業だ。

数年前にそのホテル事業を父親から引き継いで、『グランドオクトホテル株式会社』の社長として一挙に手掛けている。

会長となった父からは好きに経営すればいいと任され、やりがいとプレッシャーを感じる日々だ。時間の許す限り仕事に没頭するのは嫌いじゃない。だからこそ、こうやってリラックスする時間がなによりも大切だと自覚している。

「それならお団子食べる？　いただきものがあるの」

「あぁ、頼むよ」

キッチンから声をかけられて返事をしながら、部屋に変なものが増えていないか、また、なくなったものがないか確認した。

この家に住む川渕環は、俺の祖母だ。

祖父の後妻として八神家に嫁いできた。そして祖父亡き後は、八神とは一線を引いて生活している。

相続したのも祖父と暮らしたこの家と、どうしてもと祖父が言い張ったわずかな資産だけだった。

苗字も結婚前のものに戻している。それが決意の表れのようで潔い祖母だと改めて実感した。

ただわずかな資産といっても、戦前から栄え続けている八神家と、一般家庭との差は大きい。

しっかりしているが、もう七十歳だ。

資産のある老人の独り暮らし。悪事を働こうとする輩にとっては、祖母はよいターゲットだったのだろう。詐欺グループの巧みな話術に騙された祖母を、すんでのところで助けるという詐欺未遂事件があった。

しかしその後の祖母の落ち込みようがひどかった。しばらく食事もあまりとれなかったようで、その姿を見ているのがつらかった。

立ち直るまで随分時間がかかった。もう二度とあんな姿は見たくない。

だからこうやって、祖母の周囲にいる人物のチェックは怠らないし、時間ができた時には顔を見せるようにしているのだ。

いや、もちろん俺が祖母といて落ち着くというのも理由のひとつだけれど。生まれた瞬間から八神家の跡取りとしての立場を背負った俺にとって、家でも気が休まる時間はほとんどなかった。

俺が中学に上がった年、祖父と環さんが結婚した。

彼らは常に背伸びをしている俺が、子どもらしくあることを喜んでくれた。そのせいか、祖父が亡くなった今でも環さんのところでは、普段身にまとっている緊張感や責任感を脱いでリラックスできる。

「はぁ」

疲労のたまった体で畳に横になれば、心身ともに軽くなる。目をつむって深呼吸すると畳のいい匂いがした。

「本当、ここに来たら恭弥はお行儀が悪くなるわね」

「いいだろう。落ち着くんだ」

実家である八神の家は、都内でも有数の高級住宅街にあり設備も広さも十分。誰が見ても立派だが、この祖母の家で感じる心地よさは得られない。

ここの方がより〝安らぎ〟を感じる。だから小さな頃から、嫌なことがあるとここに逃げ込んでいた。

両親に問題があったわけではない。しっかりとした教育を施し、周囲から見れば羨ましい限りの環境を与えてくれた。しかし俺が求めたものがそれではなかったというだけだ。

多少ビジネスライクではあるものの、今でも両親との関係は良好だ。

「こんなおばあちゃんのところじゃなくて、かわいい女の子のところに行きなさいよ。癒してくれる彼女もいないの？」

「別にいいだろう。俺はここが好きなんだ」

寝返りを打って祖母を見る。するとあきれたような顔の下で喜んでいるのがわかる。

「ほら、食べなさい」

祖母が運んできた皿とお茶を受け取る。

「ありがとう」

黒檀の座卓に置いて、ひと口食べる。

「お、いける」

なるほど、これが彼女が言っていた〝お団子〟か。

とろりとしたあまじょっぱいみたらしあんが、柔らかい団子によく合う。

「でしょう？　少し硬くなってしまったけれど、それでも十分美味しいわよね？」

祖母はニコニコと上機嫌だ。

「どこの店の？」

「さぁ？　お友達が持ってきてくれたものだからわからないわ。今度聞いておくわね」

「お友達ねぇ」

俺の含みのある言い方に、祖母は嫌な顔をする。

「あのね、私のお友達をそんな風に怪しむのはやめてちょうだい」

「別になにも言っていないだろ」

俺の反論に、祖母は目を三角にして怒る。

「いいえ、顔に書いてあるわ。あなたが私を心配しているのはわかっているけれど、

「失礼じゃないの」

「だったら、独り暮らしなんかやめて、八神の家で暮らせばいいだろう」

家族が祖母を拒否しているわけではない。ただ祖母は後妻という立場から遠慮があるようだ。

「私はあの人との思い出があるここがいいの。もう老い先短いんだから、好きにさせてちょうだい」

「そんな言い方しないでくれよ」

顔を覗き込み、様子をうかがう。

「本当に伊都ちゃんはいい子なの。もし騙されたとしても、私はかまわないわ」

「わかった、わかったから」

祖母の〝伊都ちゃん〟へのすさまじい肩入れにあきれる。

なぜそこまで、彼女を気に入ったのだろうか。

頭の中にある彼女の情報を思い浮かべる。

佐久間伊都、二十八歳。一年前くらいから祖母の家をたびたび訪問しているのを知って、懇意にしている調査会社を使って調べさせた。

ＩＴ企業、『御門《みかど》システムズ株式会社』営業担当。主に国内企業へのルート営業や官公庁への入札がメインの仕事のようだ。

調査書にはまじめで優秀と書いてあったが、紙面上でわからないこともある。とくに人は金が絡むと周囲の想像がつかない事態を引き起こすのは珍しくない。

祖母から聞いた話では、困っていたところを助けてもらったということだったが、親切にしてターゲットに近付くのは詐欺師の常套手段だ。

うちのホテルのカフェラウンジに出入りしているのは知っていた。けれどこれまで顔を見る機会がなかった。

本当に今日たまたまトラブルに巻き込まれた彼女と接触できた。問題がなければ放置しておこうと思っていたけれど、せっかく相手を知るチャンスだと近付いた。

それに祖母があまりにも彼女に肩入れするので、どんな人なのか興味があったというのも理由のひとつになるだろう。

話をしてみたところ、俺に対するよこしまな気持ちは感じられなかった。

他人から向けられる気持ちを察するのは得意だ。期待に満ちた感情はとくにわかりやすい。物心がついた時には、目的はさまざまだが周囲にいる人の多くが俺に取り入ろうとしていた。

誰もが羨む家に生まれ、美しいと表現される容姿。周りからすれば羨望を向ける対象であろうが、俺にとっては煩わしいものだ。

それを誰かに伝えても理解してもらえないことは、これまでの経験上よくわかっている。

誰もがさまざまな思惑を持って近付いてくる。最初はそうでなくても、長い時間を一緒に過ごせば俺の価値を利用するようになる。これまでの人生で〝人間とはそういうものだ〟という結論に至った。

彼女もきっとその他大勢と一緒だ。こちらから接近するのはたやすいと思っていた。だから小さな罠を仕掛けてみた。スイートルームとブランドの洋服を用意し、手ずから紅茶を提供した。しかしどれに対しても、戸惑いながらも受け入れ、食いついてくるという感じではない。最後の食事の誘いは断られる始末だ。

俺と一緒にいるよりも、お団子を買いに行く方を優先した。

最初カフェラウンジで老年のお客様とトラブルを起こしたと聞いた時は、祖母からなにも奪えずに新しいターゲットでも探していたのかといぶかしんだが、ふたを開けてみればなんのことはない。親切心で人助けをした彼女が、一方的に被害を被っていた。

彼女はどうもためらいもなく他人に手を貸す人のようだ。今回の一件からしても祖母にも純粋に手助けをしたのかもしれない。

自分が想像していた佐久間伊都という人物像とはかけ離れている。それが余計に俺の興味をかき立てた。

今のところ白とも黒とも判断がつかない。もう少し近付いて本性を判断するべきだ。そのための種はまいた。クリーニングした服を預かっているのだから彼女は引き取るために必ず接触してくる。その時に再度いろいろと探ればいい。

「ねぇ、恭弥ってばなにか悪いこと考えてないでしょうね？」

「いや、別に」

鋭い指摘にとぼけてみせた。

祖母は彼女を随分気に入っているようだから、俺が調べている事実は知られないようにした方がいい。

いやしかし、まさか〝お団子〟に負けるだなんてな。

「確かに、うまいけど」

最後のひとつを頬張るとなぜか、彼女の顔が思い浮かんできて笑ってしまった。

＊　＊　＊

会社に到着して腕時計を確認した。いつもとほぼ同じ、八時を指している。

セキュリティを解除して、まだ完全に冷房が効いていないオフィスに入る。

フレックス勤務が認められているので、コアタイムの三時間近く前だとひとけもまばらだ。

「おはようございます」

声をかけながら自分のデスクに座る。ノートパソコンの電源を入れるとバッグからマグボトルを取り出す。

外は朝から太陽が照りつけていた。もしかしたらこのまま梅雨明けになるかもしれない。

お気に入りの紅茶で渇いたのどを潤すと、やっとひと息つけた。

朝はまずパソコンで自分と上司や同僚の予定を確認する。その後は昨日の仕事終わりに届いたメールのチェックと返信だ。

そこから今日のやるべきことの優先順位を付けて、ひとつずつこなしていくのが私の仕事のやり方だ。

「佐久間さん、今いいですか」

「はい、どうぞ」

振り向くとそこには、後輩の大野《おおの》君が立っていた。私が中途入社した一年後に新卒で入社した彼は、最近大きな仕事を任されるようになった。

それが少しプレッシャーになっているようだ。ここ最近、以前ほど覇気が感じられない。瞳に元気がなく、毎日なんとなくくたびれて見えた。客先ではしっかりとしているので大丈夫かと思っていたが、今日の様子を見るとなかなかに追い詰められているようだ。

彼のデスクを見ると資料が周りに高く積まれており、かなり早い時間に出社してきたのがわかる。その証拠に彼は朝の早い時間なのに疲れている様子だ。

「すみません。午後からの資料がまだできていなくて」

差し出された資料を受け取る。

「そうなの？　ちょっと見てみるね」

ざっと確認したら八割程度の進捗だ。

「その上、夕方の資料も手つかずで」

がっくりと肩を落としている。その様子から相当努力をした痕跡がうかがえる。

「もしかして、土日も出勤したの？」

彼は力なく頷いた。申請すれば休日出勤も認められるが、ここまで疲れ切っていたら平日の仕事の効率が落ちるのではないだろうか。

「それって部長と同行するやつだよね？」

疲れた顔で大野君がまたもや静かに頷く。

「わかった、午後一番の資料は私が確認がてら仕上げるから。それから夕方の提案用の資料は……このフォルダの中のフォーマットを使ってできるだけ簡潔に、いい？」

「はい……ありがとうございます」

相変わらず声に力がないけれど、先の見通しが立ったので少しホッとしたように見える。

「こっちの仕事が終わったら手伝うからね。できるところまで進めておいて」

「すみません、佐久間さんの仕事もあるのに」

申し訳なさそうな表情に、同情する。仕事をしていると、時にこうやってうまくいかないことはよくある。

「大丈夫だよ。それよりももっと早くに気付いてあげられればよかったね。ごめん」

「いいえ。もう少し早く相談するべきでした。そちらの資料よろしくお願いします」

私が頷くと彼は自席に戻っていった。

さっそく資料をチェックしながら反省する。

今、私が在籍する営業一課の課長が体調を崩して不在なのだ。

決裁は部長にお願いしているのだが、営業課は一課から四課まであり、各課につき営業事務も含め十名弱が在籍している。それら全体を見ているので、どうしても一課の細かい仕事の進捗の把握までは無理だろう。

そこは一課の者がお互いに気を付けるしかない。とくに大野君のような入社してやっと一年経ったくらいの人はもっと気にかけるべきだったのに。

私は入社年次が近く、案件を一緒に担当したことも何度もある。彼にとって私は同じ課の中で相談しやすい相手のはず。しかし自分のことで精いっぱいで彼がどこまで困っているのかわからなかった。もっと早く声をかければ、彼はあんな風に疲れ切った顔をしないで済んだかもしれないのに。

まだまだだな……私も頑張らなくちゃ。

私はこの会社に転職して二年目だ。しかし前の会社も同じＩＴ業界で職種も同じく営業とあって、ある程度のことを自分で管理できる。

しかし責任者が不在の今は、もっと周囲に気を配るべきだった。

これが終わったら、大野君の案件を優先して手伝った方がいいかも。

私は先ほどの仕事のリストを作り直してから、今日一日の業務を始めた。

私の勤める『御門システムズ株式会社』はソフトの開発やインフラ整備などを手広く行っている。従業員は全国千人弱。業界では中堅どころの会社だ。

私はここで、営業として日々お客様のニーズと自社製品を繋ぐ仕事をしている。既存顧客に加え、新規顧客の開拓も行う。お客様の悩みを解決するこの仕事は、おせっかいな私には天職だ。

先ほど預かったデータに加筆と修正をする。要点がしっかり押さえられているので、案外早く作業が終わりそうだ。

そうこうしていると、別の人からも声がかかる。気が付けばフロアは多くの人が出社して活気づいていた。

「佐久間さん、例の小学校の教育システム入札の件なんだけど、参加資格の申請はどうなっていますか？」

営業事務で私の補佐をしてくれている松本《まつもと》さんだ。私のひとつ年下の彼女だが、高校卒業と同時に入社しているので私よりも社内の事情がよくわかっている。見かけはシマリスのように小さく癒し系なのだけれど、仕事は的確でその上よく気が付くので時々ミスをする私をいつもカバーしてくれる頼れる存在だ。

年齢も近くランチにもよく一緒に行くし、たまに飲みに行き、お互い愚痴をこぼしたりもする。社会人になると学生の時の友達とは疎遠になりがちなので、こうやって身近で話しやすい人がいてくれてうれしい。

「ありがとう。それなら年度替わりにちゃんと手続きしたから大丈夫。念のためこの間確認もしたし」

「さっすが〜それを聞いて安心しました」

「こちらこそ、いつもちゃんと確認してくれて助かるわ。忙しいと確認漏れが発生しがちだから。ありがとうね」

事務担当とのスムーズなやり取りも大切だ。おかげでひとりではさばききれない仕事でもしっかりやりきれている。

仕事では周囲に頼られ、やりがいも感じている。

もちろん仕事なのでうまくいかないことも多い。それでもこの仕事が好きだから続けられる。

「あ、そうだ。聞きましたか？」

「なに、なに？」

松本さんが、体をかがめて小声で教えてくれる。あまり聞かれない方がいい話のようだ。

「課長不在の期間が長くなりそうなので、来月から新しい課長が来るみたいですよ」

「外部から来るの？」

驚いて大きな声をあげそうになったのを、なんとか耐えた。しかし初めて聞く話だ。ただ、中途入社が多い会社なので特別なことではない。

「はい。だから今日はおそらく主任の機嫌が悪いと思うので、お互い気を付けましょうね」

多分主任は次の課長のポストを狙っていたのだろう。それなのに別の人がやってくるのだから残念に思うのは理解できる。

人生なかなかうまくいかないなぁ。

のんびりとそんなことを考えていたけれど、私も〝うまくいかない人生〟を実感するはめになる。

その後、大野君のプレゼンはうまくいき、なんとか契約をもらえそうだ。本人も朝はすごい顔色をしていたが、今は笑みを浮かべているのでホッとした。今日くらいは早く帰ってよく寝てほしい。

課長がいない中、みんながそれぞれカバーをし合って仕事をしていた。主任は確かに少し機嫌が悪かったけれど。

　そして八月一日。一週間前に梅雨が明け、蝉の声を聞きながら通勤する時季になった。

　相変わらず忙しい中、松本さんが言っていた新しい上司がやってきた。

　それはわが社のコアタイムである十一時を過ぎた頃だった。

　営業に出ている社員が数人いたものの社内に一番人が多い時間だ。

　私は新しい課長が来るとわかっていたので、午前中のアポイントを終わらせてから会社に戻る。

　少し遅くなっちゃった……。急がなきゃ。

　お客様の現状把握も大切な仕事だ。戻ったらすぐに顧客データを更新しなくては。

　灼熱の外回りから会社のエントランスに入った。ひんやりとした空気に生き返るようだ。汗をハンカチで拭いながら、エレベーターに乗り込んで営業部に向かう。

　フロアに到着した時には、みんな席を立ち、部長のもとに集まっていた。どうやらすでに新しい課長が到着しているようだ。

　部長が新しい課長を紹介している。私は邪魔にならないように静かに人だかりの後ろに立った。

しかし立った場所が背の高い大野君の後ろなので、肝心の人物が見えない。気にはなるが仕方ないのでそのまま部長の話を聞く。

「私の方からは以上だ。では谷口課長、簡単な自己紹介を」

部長の言葉に衝撃が走る。

待って……今、谷口って。衝撃で心臓がドキンと音を立てた。

でもそんなに珍しい名前でもないし。考えすぎだとすぐに自分に言い聞かせる。

しかしそれが考えすぎではないのは即座に判明した。

「谷口良介です――」

……ガタン。

その名前に驚いた私は、膝から頽《くずお》れそうになったが、かろうじて近くにあった椅子に掴まって耐えた。

前にいた大野君が気が付いて「大丈夫ですか？」と小さな声で尋ねてくれた。

「大丈夫。ちょっと貧血なのかも……外暑かったし」

心配をかけないように、笑みを浮かべてみせた。しかし心臓はドキドキと嫌な音を立てている。

間違いない……あの人だ。

どんどん速くなっていく脈拍。額に拭ったはずの汗がまた吹き出してきた。

二年経っても声を聞けばわかる。元夫婦なのだからあたりまえだ。

そう、新しい上司としてやってきたのは元夫の谷口良介だった。


新課長の挨拶が終わり、それぞれ自分の仕事に戻った。

私もみんなと同じように仕事に取り組んでいるように見えるだろうが、心の中は「なぜ、どうして」の嵐だ。

先ほどからパソコンの前に座っているけれど、午前中にヒアリングした顧客の情報すら更新できないでいる。

まさかあの人と同じ会社で働くことになるなんて……。しかもまた直属の上司として。

過去の嫌な記憶がフラッシュバックする。

私は我慢ができずに思わずその場で額に手を当ててうつむいた。胸がひりひりと痛む。ここまで体調に現れるのは久しぶりだ。

どうして……今さら良介がここに……。

結婚期間中、私は無条件に彼を信じていた。

彼の言い分は正しく、なにを言われても妻として彼を支えるべきだと思っていた。

でも、彼はだんだん私を踏みにじるような行為をするようになった。そして私は彼に非難される自分を責める毎日だった。

どんどんみじめになっていく。それでも私は彼を妄信していた。

上司だった彼との結婚生活。

私生活だけでなく職場でも彼の支配のもと働いていた。

彼の仕事を手伝い、自分のやった仕事はすべて彼の成績として報告された。

もちろん私に対する会社の評価はがくんと落ちる。

それでも『妻は夫を支えるものだ』という彼の呪いの言葉を信じていた。私はずっと正しいことをしていると思っていた。

だんだんと彼との生活にストレスを感じるようになっても、良介の表の顔しか知らない周囲の人は私の訴えを信じてくれなかった。

妻とは、家族とはなんだろう。悶々と悩んでいる間に彼は他の女性と日々を過ごすようになっていた。人として妻として裏切られた私は耐えきれなくなり、彼と離婚した。

声を聞いただけで、嫌な記憶が蘇ってくるのに、これから一緒に働けるのだろうか。

やっと今の生活に満足してきたところなのに。

決して彼に未練があるわけではない。けれど当時を思い出すと苦しくなるのだ。

「佐久間さん。課長が面談室に来てほしいって」

集中力もなくぼーっと画面を眺めていた私に、大野君が声をかけた。

「……えっ？」

「みんなと順番に面談するみたいですよ。さっき言っていたんですけど」

「ごめん、聞き漏らしていたみたい」

「佐久間さんにしては珍しいですね」

大野君が不思議そうに、首を傾げた。

「気を付けるね。呼びに来てくれてありがとう」

私はあいまいにごまかしながら、面談室に向かう。

ここで拒否できればいいのだけれど、仕事だからもちろんそんなことはできない。

ノックをしようと扉に手を伸ばした。その時、自分の手が震えているのに気が付く。

グーとパーを繰り返して体の強張りをなんとかほぐし、深呼吸をしてからノックをした。

「どうぞ」

中から聞こえてきた声に、昔の記憶と一緒に暗い感情が引きずり出されそうになる。

私はそれをなんとか抑え込んで、深呼吸をしてからドアを開けた。

正面に座るのは、まぎれもない元夫。

「久しぶりだね」

にっこりと微笑む彼。その余裕のある態度から、私がここで働いていることを把握していたのだとわかる。堂々と私の前に現れた姿を見て、二年前の離婚は彼にとってはなんのダメージもなかったのだと理解できた。

私は今でも思い出して嫌な気持ちになっているのに。

その事実がなんだか悔しくて、私はしっかりと顔を上げて彼をまっすぐ見た。

「お久しぶりです。谷口課長」

彼がニヤッと笑ったのが癪に障ったが、気が付かないふりをした。

「どうぞ、座って」

「失礼します」

昔はいろいろあったけれど、今は上司と部下だ。淡々と対応するのが一番いい。

「元気だったか?」

「おかげさまで、充実した毎日を過ごしています」

決して嘘ではない。胸を張って言える。

「そうか、少し痩せたみたいだけど」

プライベートな感想を持ち出された私は、笑みを浮かべるだけにとどめた。

なにも言わない私をとくに気にする様子もなく、彼は人事資料であろうバインダーを閉じた。本来ならそれを見ながら話を進めるべきものだ。

彼の行動から、私とまじめに面談をするつもりがないのだと感じる。

「今はどうしているんだ？」

「……どういう質問でしょうか？」

「結婚は？」

首を左右に振って否定する。家庭があるかどうかはチームで仕事をするにあたっては考慮が必要な場合があるので質問に答えた。

「彼氏は？」

揶揄するような笑みを浮かべる目の前の良介を見て、嫌悪感を抱く。

「それはお答えする必要はありませんよね？」

「あぁ、確かにそうだね。でも俺が知りたいんだ。答えて」

仕事の話なら命令されても仕方ない。しかしこれは完全にプライベートな話だ。答える義務はない。

まだ私を自分の思い通りになる人間だと思っているの？

どこまでバカにされているのかと、悲しみを通り越してふつふつと怒りが湧き上がる。

「仕事に必要のない内容には答えたくありません。次の人が待っているでしょうから、失礼します」

私は立ち上がって会議室を出た。

良介はそれを咎めはしなかった。あくまで顔合わせの面談だ。業務に支障が出ることはないだろう。

上司に取る態度ではないだろうが、最初にプライベートの話を持ち出したのは向こうだ。このくらいは許されるはず。

怒りを抑えながらデスクに戻ると、大きなため息が出た。

「どうかしたんですか？　谷口課長ってそんなに厳しい人なんですか？」

私の態度を誤解した松本さんが、心配そうにしている。

「ごめん、ため息なんかついたから誤解させせちゃったね。ちょっと頭が痛くて」

適当な嘘をついてごまかす。

私は別に良介と周囲の関係を悪くしたいわけじゃない。ただ他の人と同じように普通の部下として接してほしいだけなのだ。

ちゃんと仕事をしていれば大丈夫だと、私は自分に言い聞かせる。

実際に彼は、人付き合いが大変上手だ。

だからむやみに人とトラブルを起こすわけではない。私から言わせれば裏と表を上手に使い分ける能力に長けている人だ。

離婚を報告した時『高い勉強代だったね』なんて友人に言われたりもした。ここにきて私はまだその勉強代を払わなくてはいけないのだろうか。

先を思うと、憂鬱で仕方なかった。

「お祓いにでも行こうかな」

自宅マンションで、缶ビール片手にひとり呟いた。

まだまだ仕事は残っていたけれど、今日みたいな気分の日は残業しても効率が落ちる。潔く帰宅して、お風呂を済ませて冷えたビールで自分をねぎらう方がはるかに有意義だ。

あれから良介は何事もなかったかのように仕事をしていた。彼もそのあたりはわきまえているようだ。

「あー、過去のこと口止めした方がよかったかな。でもお願いして意識していると思われるのも嫌だし」

できれば再会したくなかったけれど、なんの因果かまた上司と部下という立場になった。

でもそれ以上でもそれ以下でもない。〝嫌い〟という感情すら持ちたくないというのが本音だ。

「まぁ、なるようになるか」

ただ結婚していたという事実だけなら、ばれてしまっても問題はない。最初は好奇心にまみれた視線を向けられるだろうけれど、それもすぐに収まるはずだ。

だがどんな内容が広まるのか考えるのが怖い。良介の今日の面談中の態度から、今後は彼の方から昔の話を持ち出す可能性がある。

もし彼が悪意のこもった話を広めたら……？

変な噂が立ったとしても、私を信じてくれる人はいる。それくらいの信頼関係を職場の人とは築いてきたつもりだ。

「……でも、嫌なものは嫌だぁ」

私は声に出した後、背後にあるソファに倒れ込んだ。そしてそのままスマートフォンを手にして、厄払いで有名な神社を検索する。

困った時しか頼りにしなくて申し訳ないと思いつつ、神頼みしたくなるほど今日の出来事は私の中で衝撃すぎた。

スマートフォンの画面には、パワースポットや縁切り寺などと言われる神社仏閣が並んでいる。

あっ……ここなら近くだから日帰りで行けるかも。縁切り寺に行ってからパワースポットに行けば完璧なのでは？

来週の週末なら時間が取れそう。ついでにこの近くにある有名なカフェに寄ってみるのもいいかもしれない。

自分で自分の機嫌を取るのも、この二年で上手になった。

画面を眺めていると、急に電話の着信画面に切り替わって驚いた。

「えっ。八神……？　あっ！」

一瞬誰だろうかと思ったけれど、すぐに見目麗しい男性の顔が思い浮かんだ。

ハッとして起き上がる。思いがけないことに固まってしまったが、待たせてはいけないと思い、すぐに通話ボタンをタップした。

「もしもし」
《グランドオクトホテルの八神です。佐久間さん、今お時間大丈夫でしょうか？》
「はい……少し調べ物をしていただけなので、大丈夫です」
なぜか、口を滑らせて詳細を話してしまった。
《調べ物ですか？》
「はい……実はちょっと嫌なことがあって、お祓いでもしてもらおうかなって」
別に隠すような話でもないので、彼に伝えた。
《お祓いというと、神社ですか？》
「はい。って、すみません、用件も聞かずにこちらの話をべらべらと」
《いえ、私の方が尋ねたのですから。こちらこそ夜分にすみません。クリーニングができあがったのでその連絡です》
「ありがとうございます」
忙しそうなのに、八神さん自身が連絡をくれたようだ。
《会社の方へお持ちします。ご都合がよろしい日を教えてください》
わざわざ持ってきてくれるというのか。
「さすがに申し訳ないです。今週は大阪《おおさか》へ出張なのでフロントにでも預けてもらえれば、戻り次第取りに行きますので」

《そうですか。では、ある程度の日程がわかればご連絡ください》

きっとフロントの人に伝言をするためだろう。

「はい。ご丁寧にありがとうございます」

思わず電話口で頭を下げた。

《いえ、ただ先ほどおっしゃっていた〝嫌なこと〟が先日のうちのホテルでのトラブルではないかと少し心配しています》

どうやら誤解をさせてしまったようで、慌てて否定する。

「違いますから！　確かにちょっとした事件でしたけど結果的にはいい一日になったので、気にしないでください」

《それを聞いて安心しました。大阪出張ですか、大阪にも『グランオクト大阪』がありますので、よろしければご滞在ください》

確かに『グランドオクトホテル』の系列は国内外問わずさまざまな都市にあるが、どこもラグジュアリーな空間を提供する五つ星を獲得している高級ホテルだ。

一社員の出張に気軽に泊まれるわけなどない。

「それはいいですね！って言いたいですけど、経理担当に怒られそうです」

《ははは、それは残念だな。では私が大阪にいる際にはぜひ。それならば経費は関係ありませんから》

明るく笑う彼の声に、ドキッとした。これまでのどこかかしこまった雰囲気とは違い、親しみやすい声色にそわそわしてしまう。

「社割とかあるんですね。いいなぁ」

《社割……？　あはは、そうですね。佐久間さんと一緒に過ごせるなら大幅に値引きしてもらいます》

「じゃあ、期待しておきますね」

社交辞令だとわかっていても八神さんとのやり取りは楽しくて、沈んでいた気持ちが浮上した。

《では、出張お気を付けて》

「はい、ありがとうございます」

電話を切った後、ベッドにぱたんと倒れ込んだ。

ほんの数分の世間話。それでも先ほどまでどんよりとしていた気持ちが、軽くなっている。

八神さんが聞き上手だから？

話の間を取るのがすごくうまい気がする。一流のホテルマンである彼のホスピタリティからは学ぶことが多い。

午後からずっと気持ちが後ろ向きになっていたけれど、元気が出てきた。

二年前の私とは違う。きっと大丈夫だ。

私は気持ちを新たに、明日に備えて早めに眠ることにした。

ベッドに入って目をつむるとなぜだか八神さんの顔が思い浮かんだ。


昼間の熱気の名残が残る十九時。

立派な平屋の門扉の前でインターフォンを押す。

手入れは行き届いているが年季が入った純和風の家なのに、インターフォンや監視カメラ、警備システムなどはしっかりしている。

きっとご家族が環さんの独り暮らしを心配して設置したんだろうな。

「はーい、今開けるわね。いつも通り入ってきてちょうだい」

インターフォンを通して聞いた環さんの声が明るくてホッとする。

電子錠が解錠される音が響いて、中に入る。

「こんばんはー」

玄関で声をかけると、環さんが顔を出した。

「いらっしゃい。あらスーツ姿なのね。カッコいいわ」

「いえ、くたびれた姿ですみません」

大阪からの出張帰り。東京駅から直接ここにやってきた。

今の私はどこからどう見ても疲れているだろう。新幹線では変な体勢で爆睡していたので、体が少し痛い。

「お仕事頑張っているのね。さぁ、中に入って」

「いいえ。今日はお土産を渡しに来ただけなので。どうぞ」

「あら、肉まん？」

環さんは声を弾ませながら受け取ってくれた。

「はい。以前、食べたいっておっしゃっていたから。次の大阪出張の時には買って帰ろうと思っていたんです」

「あら、うれしい。じゃあやっぱり上がっていって、一緒に食べましょう。ちょっとした来客中なんだけど」

「それならなおさら今日は遠慮します。そのお客様にでもお出ししてください。では」

「あら、もう」

環さんは不服そうだったけれど、話しはじめると楽しくなってついついいつも長居してしまう。だから今日はさっさとお暇《いとま》することにした。

「大きな仕事のチャンスが巡ってきそうなんです。今日はしっかり休んで、明日から頑張らなきゃ」

「本当に？　よかったじゃない。でもあまり無理しないでね。また近いうちに遊びに来てね」

「はい。もちろんです」

玄関で短いやり取りをして、自宅に向かう。

大阪出張中に大野君から連絡があった。

グランオクトホテルから宿泊受付システムの入れ替えの依頼があったようだ。もちろんプレゼンに参加して他社と競い、仕事を勝ち取ることになる。久しぶりの大型案件に社内の士気が上がっている。

それを私と大野君が担当することになったのだ。

若手のふたりで担当することに反対の社員もいたようだが、普段の頑張りを見てもらえたのは素直に喜ぶべきことだ。

体は疲れているはずなのに、やる気に満ち溢れている。

今回の大阪出張の成果も上々、新しい仕事も楽しそうだ。

だからきっと上司が元夫だったとしても、これまで通りなんら問題なく仕事ができると信じている。


それから約二十日間。八月下旬のグランドオクトホテルのプレゼンのために私は忙殺された。

もう少し時間があればいいのだけれど、せっかく巡ってきたチャンスだから妥協はしたくない。

私と大野君は他のメンバーたちの知恵と労力を借りながら、なんとかプレゼン資料を仕上げた。

他の顧客の業務ももちろん平行しているので、毎日終電で帰る日々。

それでもグランドオクトホテルの仕事を受注するべく、私も大野君も前向きに全力で取り組んでいた。

そしてとうとうプレゼンの当日。私と大野君、それから良介も同行してグランドオクトホテルのシステム部の窓口社員数人と決裁者の前でプレゼンを行った。

普段はカフェラウンジを利用する会社と、こんな風に仕事をするとは思わなかったが、もし自社のシステムが利用されるならうれしい。

「では、始めさせていただきます」

プレゼンは順調に進んでいく。

今回は大野君がメインで進行している。社歴は浅いが落ち着いてゆっくり話をする彼はこういった場を任せるのがいい。時々私が補佐をする形を取っている。

良介は先方から出てきた質問を私か大野君に投げるという仕事をしていた。今回は責任者も同席しており、こちらも本気だと印象づける役割だからこれでいい。

「ありがとうございました。結果は追って連絡します」

「こちらこそ、お時間をいただきありがとうございました」

深々と挨拶をして部屋を出た。私と大野君ははぁと息を吐き、やっと緊張を解く。

「おつかれさま。相手の感触も上々だったな」

良介は頑張った大野君をねぎらっている。彼は昔から仕事ではこうやって周囲への気遣いを見せる人だった。

「すみません、ちょっと」

三人で話をしている時に、大野君のスマートフォンに着信があった。彼は頭を下げてその場から離れる。

ふたりきりになった途端、良介の態度が豹変する。

「あの程度の資料に半月以上費やしたのか。お前の指導はどうなっているんだ」

「……申し訳ありません」

ただただ頭を下げた。ここで言い争いをしてもなにもいいことはないからだ。しかし心の中では不満が吹き荒れている。

上司ならば、あの資料を作成するのにたくさんの人のアイデアや労力が費やされたのを知っているはずだ。

それなのに、感触のよかったプレゼンの後にこんな言い方をするなんて。大野君の前ではいい上司の顔をしていたのに。

また前みたいに、私の言葉に誰も耳を傾けてくれなかったらどうしよう。いや、でも今はこの場を収めるのが先決だ。怯えている場合じゃない。

「私が他の業務に時間がかかってしまい、満足のいく資料作りができずにすみませんでした」

「業務量を把握できていないなんて、いったい社会人何年目なんだ」

「申し訳ありません」

悔しいけれどここは我慢をするべきだ。

「俺は前の上司とは違う。もちろん君は知っているだろう。甘えたことは許さないからな。次からはしっかりやるように」

そう言い残して良介は先にエントランスに向かった。

やっと目の前からいなくなって、ホッとした矢先。

「あれ、課長先に帰っちゃったんですか？」

「えっ！　あ、そうなの」

背後からかけられた声に、体がビクッとなり声が裏返る。

「お、大野君。電話は終わったの？」

なにもなかったと装うために、笑ってみせた。どうやらそれはうまくいったみたいで彼はプレゼンが成功したことを素直に喜んでいた。

「佐久間さんのおかげです。ありがとうございます」

「ううん。大野君が頑張ったからだよ。今日の態度も堂々としてて見直しちゃった」

まぎれもなく今日の成功は彼の頑張りのたまものだ。私はこういう時、手放しで褒めることにしている。

「佐久間さん……俺、仕事が楽しいです」

笑みを浮かべる彼を見て、偉そうな言い方だけどひと皮むけたように思える。

「それはよかった。じゃあこの後のアポイントでも、しっかり成果出してね。行ってらっしゃい」

「はい」

彼はこれから直接、顧客のところに向かう予定だ。

「私は社に戻るから。下まで一緒に行こう」

建物の外に出て、大野君の背中を見送る。

その後私はシステム部のある別棟を離れて、いつものカフェラウンジのある宿泊棟に向かう。

チェックインをする顧客にまぎれてフロントに目を向けた時、よく顔を見かけるカフェラウンジ勤務のスタッフの女性がこちらに気が付いた。

「お仕事ですか？　いつもと雰囲気が違うので見間違えそうになりました」

いつも気持ちよく接客してくれるスタッフだ。私がよく環さんへのお土産の紅茶をオーダーするので顔を覚えてくれているらしい。

「ちょうどこの近くで仕事だったので。あの……お願いがあるんですが」

「はい。なんなりとお申しつけください」

元気な返事があって、ホッとする。

「八神さんに、こちらの封筒を渡しておいてください」

「八神……ですか？」

スタッフが怪訝な顔をしている。もしかしたら他にも八神さんがいるのかもしれない。

「マネージャーの八神さんです」

最初は腑に落ちない顔をしていた女性だったが、すぐにハッとした表情になった。

「あ！　八神ですね。えぇ。かしこまりました」

「こちら、私の名刺を添えておきますので」

封筒と一緒に名刺を渡すと、向こうも丁寧に自分の名刺を差し出してくれた。

「面倒なことを頼みますが、よろしくお願いいたします」

「お任せください」

快く引き受けてくれてホッとする。

封筒の中身はあの日のワンピースと紅茶の代金だ。八神さんに直接渡そうとしてもきっと受け取ってもらえないから預けることにした。

「では、失礼します」

私は頭を下げてその場を離れた。

＊＊＊

グランドオクト東京の別棟は、五階以上が本社になっている。

その中にある代表取締役社長室。

アメリカでの仕事を終えて帰国した俺は、眼下に広がる夜景を見ながらひと息ついていた。

ノックの音がして振り向きながら「どうぞ」と言う。

「失礼します」

入ってきたのは秘書の京本《きょうもと》だ。

几帳面が服を着て歩いているような男は、頭からつま先まで、少しの乱れもない。その上メタルフレームの眼鏡の奥から覗く鋭い視線は、刻一刻と変化するグランドオクトホテルを取り巻く環境の変化を見逃さない。

俺の大事な右腕だ。

「シンガポールの土地買収の件ですが、少々難航しているようです。どうやら地権者との話し合いに問題があったようです」

計画延期は許されない。瞬時に数人の人物を頭に思い浮かべる。

「台湾《たいわん》の李《り》さんとアポイントを。俺が直接話をする」

「かしこまりました」

「依頼していたベルリンの報告は？」

「レポートをメールしていますので、ご確認ください」

さすが抜かりがない。

「わかった」

「それと――」

京本がタブレットと一緒に持っていた封筒を俺に差し出した。

「こちらをカフェラウンジのスタッフが数日前に預かったそうです」

封筒と一枚の名刺が渡された。

「例の調査書の女性ですか？」

質問には答えなかったが、否定しなければそういうことだと京本はわかっている。

「いい加減、グランドオクトホテルの社長がマネージャーなどと名乗って、ホテル内をうろつかないでいただきたいですね。スタッフも〝八神さん〟って名前を聞いて一瞬誰だかわからなかったみたいですよ」

暇があれば現場を見るようにしている。その際不審がられないようにわざわざマネージャーのネームプレートを作成したくらいだ。京本にたしなめられてもやめるつもりはない。社長といえどホテルマンであることは変わりない。基本を忘れては、経営は立ち行かなくなるだろう。

自分の信条は誰に言われても曲げるつもりはなかった。

「どうやらシステム部へのプレゼンを終えた後に立ち寄ったようですね」

京本はタブレットを操作しながら、世間話のように俺に聞かせる。

「突然の依頼だったのに、素晴らしい仕事ぶりだとシステム部の部長が言っていましたよ」

「そうか」

彼女の勤める御門システムズ株式会社は中堅どころのＩＴ企業だ。ここ最近は大手の会社への実績もあり、細やかなサービスが売りの勢いのある会社だ。

取引先からの評判は上々。紹介で仕事を取ることも多く、それだけ顧客からの信頼が厚いのだろう。

本当は今回のプレゼンには参加予定ではなかった。しかし会社の評判がいいことに加え、運がよければ彼女の仕事ぶりが見られるかもしれないと思って依頼したのだ。

御門システムズと取引をするかどうかは、システム部に決定権がある。もちろんシステム部の部長には俺と彼女の関係は知らせていない。

採用に当たって忖度があれば、きっと彼女はよく思わないだろう。

そこまで考えている自分を不思議に思う。俺が彼女のなにを知っているというのだ。

半ば心ここにあらずで、京本の報告を受ける。

「以上のことはすべて文書にまとめて提出いたします。本日はここで失礼いたします」

「あぁ、ご苦労様」

仕事を終えた京本が執務室を出ていった。

椅子に座って先ほど渡された封筒を開く。ご丁寧にあの日のワンピースと紅茶の代金が入っていた。

紅茶は祖母に届けたものだろう。バカ正直に支払いをしなくてもいいだろうに。

こんなところに彼女の実直さを感じる。

知れば知るほど、当初俺が想像していた人物像とはかけ離れていく。

最初はなんらかの思惑があって、祖母と関わっているとしか思えなかった。なんのメリットもなく、他人に手を差し伸べる人物がいるはずないからだ。

小さな頃からずっと競争をして、そして勝ち続けることを求められてきた。

その生き方が嫌だと思ったことはない。

だが彼女のような人物の存在を、信じられずにいた。

彼女と初めて会話を交わした日、その前月に彼女が書いたお客様アンケートを読んだ。

几帳面な字で温かい言葉が並んでいる。

顧客のアンケートはどんな内容であってもすべて確認するようにしているのだが、やけに目につく。

それが彼女のものだと知って、なんとなくその日に会った女性とぴったりだと思った。

今月のはじめの頃だっただろうか。

いつも通り仕事の合間に、祖母の家に顔を出している時だった。

チャイムが鳴り、祖母が対応している。その様子を客間で聞いていた。声を聞いて相手がすぐに彼女だと気が付く。

どうやら大阪出張の土産を祖母に持ってきたようだ。

肉まんって……この間はたしか団子だったな。

そのセレクトが、なんとなく飾らない彼女らしいと思う。

祖母が中に入るように言ったけれど、彼女は固辞して帰っていった。

「振られちゃったな」

客間に戻ってきた祖母に声をかけると、本当に残念そうな顔をしていた。

「お仕事が忙しいんですって。ひとりで食べてもさみしいから、一緒に食べない？　肉まん」

「ありがとう。いただくよ」

祖母が温めてくれた肉まんをふたりで食べる。

「うまいな」

「うん、美味しいわね」

最近食が細くなってきた祖母が、美味しそうに食べている。

「さっきの人、最近よく来るお友達だろ？」

「そうよ。知っているでしょう。どうせ彼女についても調べたんだろうから」

祖母も気が付いていたようだ。過去に詐欺未遂事件に遭ったことから、祖母は調査自体を咎めることはなかった。

「佐久間伊都さんね。実はホテルで見かけて声をかけたんだ」

「だったらさっき顔を見せればよかったのに」

確かに挨拶くらいはしてもよかった。

いわよ」

「私との関係をまだ言っていないのでしょう？　隠し事は早めに知らせておく方がいいわよ」

「別に隠しているわけじゃないんだが」

ただタイミングがないだけだ。しかしどういう風に伝えれば自然と納得してもらえるのかとも考える。

「ふーん。まあ伊都ちゃんいい子だものね。失敗したくないのもわかるわ」

知った顔をする祖母は、俺の様子を見ておもしろがっているようだ。

「失敗？　俺の辞書にはない言葉だな」

「あら自信満々ね。彼女、今いい人いないみたいよ」

おせっかいな祖母を軽くにらんでみせる。

「なんで俺にそれを言うんだ？」

「別に。ただどんな形であれ彼女を傷つけるようなことがあれば、私はたとえ愛する孫の恭弥であろうとも許さないわよ」

「孫よりも彼女を大切にするのか？」

非難の目を向けたが、祖母はまったく気にしていない。

「あら、もちろんよ。大切な友達だもの」

祖母の彼女に対する信頼はかなりのものだ。

その日はそれを思い知らされた日だった。

ここ最近確かに、彼女のことを考える時間が長くなっていた。

ふと封筒の中をもう一度確認したら、一筆箋が入っていた。

【遅くなりましたが、先日のワンピースとお茶の代金です。ワンピースですがとっても気に入ってあれから何度か着て出かけています。ありがとうございました。佐久間伊都】

相変わらずの丁寧な文字だ。

指を紙の上に滑らせてみる。なんだか温かく感じるのは気のせいだろうか。手書きの文字から彼女の純粋な感謝の気持ちが伝わってくる。

これまでだって、何度か手紙をもらったことがある。文章が凝っていたり文字が綺麗だったり。しかし上辺がいくら美しくても、その中に込められた感情が伝わってくると途端に自分にとっては面倒なものになってしまうのだ。

お礼に食事がしたい。一度会って商品を見てほしい。知人を紹介してほしい。直接書いてあるもの、遠回しに依頼してあるものそれぞれだが、本来の意図とは違う内容に辟易してしまった。祖母にその話をしたら『ひねくれすぎ』と言われたけれど、何度も同じことがあれば警戒するのはあたりまえのことだ。

この手の輩の話にのってしまったら最後、食事の席に向こうの両親がいて結婚を迫られたり、契約書を持って追いかけられたり、ＳＮＳに勝手に写真を載せられてビジネスパートナーのような扱いをされたりしてしまう。それらに割く労力は無駄以外の何物でもない。

だから感謝だけがこもった手紙をうれしく思ってしまうのだ。ただそれも俺自身が彼女に興味があるからかもしれない。

今日、帰国後慌ただしく会議を終えた俺は、たまたま彼女を見かけた。システム部との打ち合わせだろうか。パーティションで区切られている打合せ用のテーブルに彼女の姿を見つけた。そのまま立ち去ることもできたのに、どうしても気になってしまって急げと言う京本を宥めて、ブースの外から様子をうかがった。

『そちらの資料については……えー。あー』

『ここの仕様について気になるんだけど』

『それはですねー』

どうやら同席している男性営業が、こちらの担当の質問に答えられずに焦っているようだった。

その時、彼女がすっと紙を一枚出した。

『本来ならばそちらの資料に添付するべきものでした。申し訳ありません。こちらを使って説明させていただき、きちんとしたものを早急にお持ちします』

頭を下げた後、こちらの質問にもしっかりと答えていた。それと同時にこちら側にメリットのある提案もさらっと混ぜている。

『それでは続きは大野が説明いたします』

彼女は隣の男性を見てゆっくり頷いた。ただそれだけなのに、それまで落ち着きのなかった男性がしっかりと商談をまとめはじめた。

仕事でも人のために動いているんだな。なんだかその姿が頼もしく、カッコよく見えた。

『彼女の同僚は幸せだな』

思わず呟いて笑うと、京本がいい加減にしてほしいという視線でこちらを見ているのに気が付いた。

『そろそろお戻りください』

最後にもう一度仕事に励む彼女の横顔を見てから、俺は歩き出した。

いつ見ても彼女は、周囲の人のために行動している。

そんな彼女が困った時に、誰が手を差し伸べるのだろうか。

――俺ではダメなのか？

ふとそんな思いが湧いてきて、自分の気持ちを自覚する。

彼女のためになにかがしたい、その時彼女がどんな顔をするのか。あのワンピースを着た時のようにうれしそうにするのだろうか。それとももっと違うリアクションを取るのだろうか。

社長室に戻るまでの、束の間。俺の頭の中は彼女でいっぱいだった。

＊＊＊

月曜は週の始まり。この日は社内の会議や打ち合わせが入ることが多く、私も朝からデスクに座ることなく、社内のあちこちを渡り歩いていた。

開発部との打ち合わせが終わった十四時。

やっと自分の席に戻り、デスクの上に雑多に置かれた書類を整理していく。基本的にはペーパーレスを推奨する会社だが、なんだかんだ紙の資料も多い。

手を動かしながら、頭の中でこの後の仕事の流れを考えていると、嬉々とした表情を浮かべた大野君が私のもとにやってきた。

「佐久間さんっ！　グランドオクトホテルの契約が取れました！」

「えっ！　本当に？」

プレゼン時はとても感触がよかった。自分たちの提案にも自信があった。それでも競合他社の方が素晴らしいかもしれない。そんなことを思いながら結果を待っていた。

「はい、本当です！　よっしゃあ〜！」

快哉を叫ぶ大野君と、手を取り喜び合う。きっとすごいプレッシャーを感じていたはずだ。

体中で気持ちを爆発させる大野君を見て、その場にいたみんなも拍手をしてくれる。

「すぐに課長に報告に行こう」

「はいっ！」

フロアのパーティションで区切られている、良介のデスクにふたりで向かう。

「谷口課長、今お時間よろしいでしょうか？」

彼はノートパソコンに向けていた視線を私たちに向けた。

「どうぞ」

「グランドオクトホテルの担当者から連絡があり、ぜひうちにお願いしたいとのことです。週末にアポイントが取れたので契約の締結を行います」

うれしそうに報告する大野君が眩しい。

本当に頑張っていたものね。

「大野、よくやったな。その契約は私も同席しよう。今後の相手とのコミュニケーションは大切だからな」

「はい、よろしくお願いします」

大野君が勢いよく頭を下げた。本当によかったと実感していた。それなのに……。

「それから佐久間はもうこの件から外れてくれていい。あとは俺がやる」

「え……」

デジャブかと思う状況に、一瞬思考が停止した。

私がぼーっとしているうちに、大野君が良介に意見する。

「でもこの契約が取れたのは佐久間さんのおかげなんですよ。今さらこの案件から外れるなんて」

大野君が必死に抗議してくれたが、良介は気にもしていない。

「大口の案件なんだ。しかるべき者が担当するのが筋だろう」

またなの……また同じことが繰り返されるの？

過去のことが思い浮かんできて、今どうするべきなのかわからない。

「それなら俺が外れます」

大野君の言葉でやっと私は我に返った。

「それはダメだよ。私はいいから」

なんとか笑ってみせた。今の私にできる精いっぱいのことだ。

「話が終わったならふたりとも業務に戻りなさい。あぁ、佐久間は後で君が持っている資料をこちらに渡して」

「……承知しました」

これ以上大野君の前で、良介とやり取りしたくない。

まだなにか言いたそうにしている大野君の背中を押して、リフレッシュブースに向かう。

社員がひと息つくための場所で、ちょっとしたテーブルと椅子、それからお菓子や飲み物の自動販売機が置いてある。

「なに飲む？」

自動販売機の前に立ち、後ろにいる大野君を振り向く。

「俺、悔しいです！　どうして佐久間さんがこの案件を外れるんですか？」

「落ち着いて、とりあえずコーヒーでいい？」

悔しそうな表情のまま、彼は頷いた。

私はコーヒーを二本買うと、ブースにある椅子に座るように大野君を促す。

彼の隣に座って、缶コーヒーを渡す。

大人しく受け取った彼がひと口飲んだのを見て、私も缶を開けた。

さてどうやって大野君を納得させればいいのだろうか。

私が彼の立場なら、同じように憤り抗議するだろう。本来ならこんな一方的なやり方が許されるはずない。

けれど良介は私に対してずっとこういう態度を取ってきた。きっと今でもそれがあたりまえだと思っているのだろう。

抗議するべきだというのもわかる。でもここで騒ぎを大きくしたら、私と良介の過去がみんなに知られてしまう可能性もある。

知られたら仕方がないと思うが、できれば言いたくない。

「大野君の気持ちはうれしいけど、他の仕事が忙しいからちょうどよかったの。私の状況を把握してそうしてくれたのかもしれない」

できれば大野君の中にある良介の印象を悪くしたくない。これからも一緒に仕事をしていくのだ。

先ほども良介は、大野君は褒めていたし、前の会社で他の社員とはトラブルなくやっていた。

ここで私が波風を立てれば、課全体の雰囲気が悪くなってしまうかもしれない。

「でも……だったら他の仕事を別の人に頼めばいいじゃないですか」

彼はそれでも食い下がる。ここまで言ってくれてうれしい。

「ありがとう。でも他の人に迷惑がかかっちゃうから」

大野君が悔しそうにしている。

彼が私よりも良介のやり方に怒ってくれているおかげで、冷静でいられた。

「私のことでそんなに怒ってくれてありがとう。それよりも大野君、私がいなくても平気なの？　大口の案件だからミスはできるだけ少なくね」

「えっ！　それは……あの、その」

目を泳がせはじめた。これまでまとっていた強張った空気が少し緩んだ。

「こっちは心配しないでいいから。大野君こそしっかりね。大変な時にはもちろん手伝うから相談してね」

私が彼の腕をポンとたたくと、まだなにか言いたそうにしていたけれど我慢したようだ。

「しっかり、頑張ります」

なんとか気持ちを切り替えた彼を見てホッとした。彼が席に戻ったのを確認して、私はそっとフロアを抜け出した。

一歩廊下に出た時点で、目頭が熱くなる。これまで抑えていた悲しみや怒りの感情がふつふつと湧き上がって、涙としてあふれだしそうだ。

なんとかトイレの個室に駆け込んだ。その瞬間私は口元に手を当てて嗚咽を漏らした。

「……っう……う」

頑張って声を抑えたけれど、流れる涙は止められなかった。

悔しい、悔しい！

ああするしかなかったし、それでいいと思っている。でも心の中では割り切れない気持ちが暴れだしそうだ。泣いたら気持ちが落ち着くかもしれない。そう思ったけれど私の中にできたわだかまりはそのまま胸の真ん中に居座り続けた。

またあの苦しんだ日々がやってくるのかもしれない。

でも私はあの頃の自分とは違う。二年間努力をしてきた。きっと闘える。

涙を流しながら自分自身の中に渦巻く恐怖の感情をなんとか抑えつけてから、仕事に戻った。

第三章　苦い記憶

週の半ばの水曜日。一日の業務が終わり、私はエレベーターに乗り込んだ。

誰もいないのをいいことに、盛大なため息をつく。

その原因は元夫であり、現在の上司である良介だ。

グランドオクトホテルの契約以降、自分の仕事を私に手伝わせるようになった。彼がこの会社に来て間もない上に同じ課なので、手伝いをすること自体に問題はないし、周囲も不自然に思っていない。

しかしその量が膨大だった。

周囲の仕事が潤滑に進むのであればと思い手伝ってはいるが、私の仕事はその分滞ってしまう。すると良介は『なぜできていない』と叱責するのだ。

周囲の人はそれを知らないので、ここ最近の私の仕事の遅れを心配していた。

彼がこの会社に慣れるまで……一過性のものだからと我慢をしていた。

しかし、昨日はっきり言われた。『昔みたいにこれからも俺を支えてくれ』と。

いつまで私が自分の言うことを聞く、都合のいい女だと思っているのだろうか。

このままでは、周囲にも影響が出てしまうと思うと早急な対策が必要だ。

そんなことを考えながらエレベーターに乗った途端、スマートフォンがメッセージを受信した。相手は良介だ。

【今から飲みに行かないか？】

どうして私があなたと、飲みに行かなきゃいけないの？と言いたくなるのを我慢して【先約があるので無理です】と返した。

嘘はよくないとわかっていても、自分を守るためだ、仕方ない。

これまで好きだった職場にいる時間が、どんどん苦痛になっていく。

運気は悪い方に転がりはじめると、あっという間にどん底まで落ちる。

ただ二年前と違うのは、私は自分の意志をしっかり持っているということだ。

あの時のように、なにもできずに泣き寝入りはしない。

「……っう」

そう強い気持ちを持っていたものの、エレベーターを降りた途端に現れた良介本人に驚き、そして小さな恐怖を覚えた。

どんなに気を付けていても、相手はこうやって毎日私に小さな傷を負わせ、従わせようとしてくるのだ。

「おつかれさまです」

一瞬固まったものの、ここで怯んだ様子を見せようものなら相手の思うツボだ。なんでもなかったように良介の横をすり抜けようとすると、手首を掴まれた。

「やめてください」

私が振り払うとそれ以降は体には触れなかったが、出口に向かって歩く私の後を一定の距離を保ってついてくる。

はっきりと断ったのに、どうして……。

外に出た途端、良介が後ろから話しかけてきた。

「どうせ用事なんてないんだろう。昔のよしみで少しくらい付き合えよ」

「すみません、急ぎますので」

きっぱりと、冷たく断る。

「いろいろと話をしておきたいんだ」

「では明日の朝、職場でうかがいます」

短い返事で相手に隙を与えずに、拒否を繰り返す。しかし一向に彼があきらめる様子はない。

「先約なんて嘘だろ。お前みたいなおもしろみのないやつ、俺以外誰が相手をするんだ」

……傷つく必要なんてない。

昔からこうやって私をバカにして自分のいいなりにしようとする。

「嘘ではありません……やめてください」

良介が腕をもう一度掴んできた。今度は力が強くて振り払えない。

「離して！　本当にやめてください」

先ほどは社内だったからあきらめたようだが、外に出て強気になっているみたいだ。

嫌がる私を見てほくそ笑んでいる。この人は私をどうしたいの？

思い切り手を振り払った私は、その場で体勢を崩して倒れそうになった。

「きゃあっ」

背後に倒れる覚悟をしたけれど、誰かに支えられた。

「すみません」

慌てて謝罪をしながら振り向いて、そこに立っている人を見て驚いた。

「八神さん……？」

「大丈夫ですか？」

彼が小声で確認したのは、近くにいる良介のことだろう。おそらく腕を掴まれていたのを見ていたのだ。

本当ならそこで平気なふりをするべきだ。わかっているけれど、我慢できずに助けを求めてしまう。

私が顔をゆがめると、彼にはそれだけで伝わったようだ。

急に取ってつけたような笑みを浮かべた彼は、ぐっと私を抱き寄せた。

……え？

「伊都に早く会いたくて、迎えにきてしまったよ」

「伊都って……」

私の言葉に彼は小さくウィンクをした。どうやら話を合わせた方がいいらしい。

「あ、ありがとう。八神さん」

戸惑ってしまいたどたどしい言い方になったが、良介は気が付いていないようだ。

「伊都、こちらは？」

八神さんはすっと、私と良介の距離を取らせる位置に立った。

「……上司の谷口さんです」

突然現れた美丈夫に驚いた良介は、彼の顔をぼーっと見ている。

「はじめまして。伊都がお世話になっています」

「あ、はい。いえ」

八神さんのオーラに圧倒されたのか、受け答えがしどろもどろだ。

「さあ行こうか。あまりぐずぐずしていると、ふたりっきりで過ごせる時間が少なくなってしまう」

甘い笑みに甘い言葉。八神さんはこの状況を楽しんでいるのではないかとすら思う。

彼は極上の笑みを浮かべながら、私の手を取った。そしてそのまま指を絡めて歩き出す。

「では失礼します」

「……おつかれさまでした」

歩き出した後、ちらっと振り向いた。その時になって我に返った様子の良介は悔しそうにこちらをにらんでいた。

「どこもなんともない？」

歩きながら八神さんが心配そうに私の様子をうかがう。

「少し手を掴まれただけなので」

振りほどこうとしても力が強くてできなかった。思い出すだけで不快感が湧き上がる。

「少しじゃないだろう。随分しつこくされていた」

確かにそうだ。今日の良介の行動は一線を越えてしまっている。

しかしこれ以上、八神さんに迷惑をかけたくない。

私はこの話を終わりにするべく、笑みを浮かべて話題を変えた。

「八神さんはどうしてここに？」

「あぁ、そうだ。クリーニングした服をお持ちしました。佐久間様」

彼の言葉を聞いてハッとした。これが私の知っているいつもの彼だ。丁寧で万人に不快感を与えない、礼儀正しい彼。

だから気が付いてしまった。今日の彼はホテルマンの八神さんとは違うと。きっとこれが彼の素の部分なのだろう。それがわかった今、勝手に彼を身近に感じてなんだか胸がドキドキしはじめた。

「すみません、忙しいのにわざわざ」

そういえば、都合のいい時に連絡をくださいって言われていたのに、忙しくてすっかり忘れてしまっていた。洋服とお茶のお金を払って、自分のやるべきことは終わったと錯覚していたのだ。時々こういう抜けるところを直したいといつも思っているのに、なかなか難しい。

「いいんだ。そろそろ佐久間さんの顔が見たくなってきた頃だったので」

「……ん？　私、そんなに特殊な顔していますか？」

そんなことを言われた経験がない私は、思わずきょとんとしてしまい彼に尋ねた。

すると彼はびっくりしたように目を軽く見開いた後、声をあげて笑い出した。

「あはっは。せっかくの口説き文句だったのに、華麗にスルーされたな。残念」

口説き文句って……。

それって私に？

変に意識してしまって、頬が熱くなった。

「割とわかりやすく口説いたんだけど、通じなかったみたいだね」

「す、すみません」

この歳になって、そんなこともわからなくて恥ずかしい。しばらく恋愛から距離を置いた生活をしていたのだから仕方がない。

「いや、口説きがいがあるよ。じゃあ次の手段として、食事など一緒にどうですか？」

「そんな……急に言われても」

いきなりで、どうしようかと迷う。

「深く考えないで。クリーニングのお礼で付き合ってください。さぁ」

彼は私の返事を待たず、繋がれたままだった手を引いて歩き出した。

彼に手を引かれてやってきたのは、職場から十分ほど歩いた場所にあるレストランだ。打ちっぱなしのコンクリートのビルの二階にある。

入るまでは看板もなく、どういう店なのかわからない。室内はカウンターと個室がふたつだけ。広くはないけれど内装も家具も上品で落ち着ける空間だ。

「素敵」

室内を見回しながら、思わず言葉が漏れた。

情報に敏感な松本さんがいろいろなお店を教えてくれるが、会社から徒歩圏内にこんなに素敵なお店があるとは知らなかった。

スタッフに案内された個室のテーブル席にふたりで向かい合って座る。

「お酒は飲める？」

「少しだけなら」

お酒は嫌いではないけれど、付き合いで飲む程度だ。

「じゃあ蒸し暑いし、冷たいシャンパンを食前酒にいただこうか。俺……私に任せてもらってもいいかな？」

口を滑らせた八神さんがおかしくて笑ってしまった。

「お任せしますし、〝俺〟で大丈夫ですよ。今日はどちらも仕事ではないので」

自分で言って今この時がプライベートな時間だと意識してしまった。

それに気付いた私が妙に緊張している間に、八神さんが注文をしてくれる。

「食べられないものはなかったよね」

「はい……でもそういう話、しましたっけ？」

彼との会話を思い出してみたけれど、記憶にない。

「いや、なんとなくそうかなって。そうだ、クリーニングの品。中を確認してもらってもいい？」

「はい」

私はグランドオクト東京の紙袋を受け取って中身を確認した。

オレンジジュースのシミは綺麗に落ちている。

「しっかり染み抜きしてもらったみたいで、ありがとうございます」

汚れていた箇所がどこかもわからないくらい、綺麗になっている。

「よかった。預かっているワンピースの代金だけど――」

「それは絶対に受け取ってください。直接だと断られると思って、わざと言づけたので」

やはりワンピースまでとなると、お詫びとしては過剰だ。

「クリーニングもしていただいたので、十分ですから」

彼は最後まで渋っていたけれど、私の言い分を受け入れてくれた。

「わかった。これ以上この話はしないようにしよう」

「そうしてください」

お互いが納得したところで、ちょうど食前酒に頼んでいたシャンパンが届いた。

シャンパングラスに注がれると、心地よいシュワシュワという音が耳に響く。

「では。プレゼンおつかれさまでした」

彼はあの場にはいなかったけれど、私がプレゼンに参加していたのを聞いたのだろう。

「あ……はい、ありがとうございます」

ふたりでグラスを掲げてから、ひと口飲んだ。

会社を出た後いろいろあったせいで渇いていたのどを、冷たい刺激が通り抜ける。

「美味しいです」

「そう、おかわりあるから。どうぞ」

　彼がワインクーラーからボトルを取り、私のグラスに注いでくれる。その手つきもさすがホテルマンだ。

「やっぱりそういうのも練習するんですか？」

「そうだね。食事のサーブやセッティング、ベッドメイクなんかも実は得意なんだ。意外かな？」

「はい。でも立派なホテルマンなんだなって思います。気遣いが素敵だっていつも思ってます」

「仕事中は常にそうでありたいと思っているけれど、今はひとりをどうやって喜ばせようか考えている」

　それって私のことだよね。ジッとこちらを見つめる彼を見て勘違いではないと確信する。

「い、今でも十分喜んでいますよ」

　からかわれているのだろうか。それでも意識してしまう。

「それならよかった」

　綺麗な笑みを向けられて、くらくらする。目を合わせていられなくて、下を向いた時に食事が運ばれてきた。

目の前に綺麗に盛りつけられた料理が並んでいく。

「さあ、食べよう」

「いただきます」

崩すのはもったいないけれど、食べないのはもっともったいない。カトラリーを手に取って、口に運ぶ。

「美味しい」

思わず声が漏れ、口元を押さえる。

「口に合うようでよかった」

彼も美しい所作で食事をしている。さすがマナーも完璧だ。

味はもちろん見た目もタイミングもばっちりで、ここ最近滅入っていた気分がどこかにいって、久しぶりに楽しい気持ちになる。

食事は進み、デザートが運ばれてきた。クレープにオレンジソースがかかっており、レモンのソルベが添えられている。

「お腹いっぱいだけど、これなら食べられそうです」

一緒に運ばれてきた紅茶とデザートを楽しむ。

その時、彼はずっと気になっていたであろう話を切り出してきた。

「さっきの人、上司だって言っていたけれどあの態度は問題があるだろう」

「はい……」

やはり知らない人から見ても、良介の行動は行きすぎている。

「会社に相談はしている？」

私は黙って首を横に振った。

「とても困っているように見えたけど、俺に詳細を話してみる気にはならないか？　なにかしら力になれるかもしれない」

どうしようか迷う。ほとんどなにも知らない彼に話をしていいのか。

でも日に日にひどくなる良介の行動に、自分ひとりで抱え込むのが厳しくなってきている。

そしてそれは今日で決定的になった。良介はプライベートの部分まで私に関わってこようとしている。

このまま、胸の中にため込んでいては近いうちに爆発してしまいそうだ。

「少し、長い話になるんですがいいですか？」

「もちろん」

彼の優しさに、甘えることにした。

「実は私、過去に結婚をしていたんです」

「その相手が、彼？」

「はい」

私は頷いてから、過去の出来事を彼に伝えた。

感情的にならないようにしたけれど、時々思い出して言葉が詰まった。でも彼は相槌を打ちながら、耳を傾けてくれた。

「そんなことがあったんだな。あまりにも明るいから想像もしていなかったよ」

「私、ちゃんと明るく見えていたんですね。安心しました」

二年間の頑張りが報われた気がした。

最初の一年間は、みじめに見られたくなくてがむしゃらに働き、無理やり笑っていた。ここ最近になって、やっと自分のペースで無理せずいられるようになったのに。

でも今、その頑張りがまた同じ男に壊されようとしている。

「今日まではこのまま自分の幸せを見つけて生きていくんだって思っていたんですけど、どうやらそれも難しいみたいです」

涙がにじみそうになったのを笑ってごまかした。しかし自分でもわかるくらい顔がひきつっていたので慌てて下を向く。

「それで君はどうするつもり？　あきらめるのか？」

「えっ？」

八神さんの言葉にうつむいていた顔を上げる。彼は真剣なまなざしでこちらを見ていた。

……どうしてそんな突き放すような言い方をするの？

これまでの彼であれば、こんな言い方はしないはず。

私は驚きを隠せず彼を見たが、言葉が出ない。

「また昔みたいに彼の言いなりになって、我慢するつもり？」

挑発するような八神さんの言葉に勢いで答える。

「そんなはずない。もう二度と彼の勝手にはさせたくない」

涙がぽろりとこぼれ落ちた。

「そうこなくちゃな」

彼が美しいけど不敵な笑みを浮かべる。

「え……」

「二年間頑張ってきたんだろう？　だったらきっと大丈夫だ。泣かなくていい」

彼の手が伸びてきて、私の涙を拭ってくれる。優しい指先が頬に触れた。

「俺は君を知って日は浅いけど、誰にでも思いやりを持てる素敵な人だとわかっている。そんな君がどんな状況だろうと虐げられるべきじゃない」

彼はそう言った後、テーブルに置いてあった私の手に自分の手を重ねた。

「頑張れ。自分で自分の人生を守るんだ」

彼の心からの応援がうれしかった。今の私を見て、これまでの二年間頑張っていた私を認めてくれた。頷きながら答える。

「負けません。仕事のことは部長に相談してみます」

「そうだな、それがいい。ただ問題はプライベートだ」

確かに私生活については、どう対処したらいいのだろうか。

「そっけなくしたところで、全然堪えていなくて。どこまで逃げ切れるかわかりません」

もともと押しの強い人だった。昔はそれが魅力的に思っていた。けれど今となっては苦痛でしかない。

昔の自分がいかに彼という人物の本質を理解していなかったのかわかる。

「それならいい方法がある」

「なんですか？　教えてください」

私は藁をも掴む気持ちで彼に尋ねた。

「俺と付き合えばいい」

笑みを浮かべている彼。どうやったって本気で言っているとは思えない。

「真剣な話だったのに」

思わず唇を尖らせると、彼は眉間にしわを寄せた。

「もしかして冗談だと思ってる？」

「……はい」

え、待って。もしかして本気なの？

「俺は真剣に言っているよ。君と俺は付き合うべきだ」

今度は信じるしかなかった。あまりにも彼の目が真剣だったから。

付き合うってもちろん、男女として交際をするって意味だよね？

あたりまえのことを自分の中で確認しないといけないくらい驚いている。

彼の言葉に胸がドキドキと早鐘を打つ。それと同時に頬が熱くなる。

八神さんと私が付き合う？

もちろん素敵な人だとは思う。でも彼をどれだけ知っているというの？

また傷つかないっていう保証はどこにもない。

頭の中が〝どうしよう〟でいっぱいの私は黙ったままだった。そんな私の前に彼は跪《ひざまず》き、私の手を取るとそこに口づけた。

一瞬にしてかっと顔が熱くなる。

彼は膝をついたまま、私の目を見つめる。

「君の恋人役が欲しい」

「こ、恋人役？ 〝役〟ってどういう意味ですか？」

最初は困惑した。けれどすぐに彼が最初からどういうつもりだったのか、〝恋人役〟という単語でわかった。本当に私に気持ちがあるわけではないのだ。

それを補足するかのように彼が答え合わせをしてくれる。

「君は谷口という男に付きまとわれて困っている。それならフリーよりも、すでに決まった相手がいるという方が相手に対して牽制になる」

「……それはそうでしょうけど」

私に彼氏がいるといないとでは、態度が違うだろう。

「俺では君の恋人役としては、物足りないかな？」

「と、とんでもない！」

思わず大きな声をあげてしまった。むしろ八神さんに恋人役をしてもらうなんてこちらが申し訳ないくらいだ。彼にとってはなんのメリットもないからだ。それなのにどうしてこんな申し出をしてくれたのだろうか。

「確かに私にとってはありがたい申し出ですけど、八神さんは困らないですか？　あの、恋人とかいますよね？」

こんな素晴らしい人が、フリーなはずない。私を助ける親切だとしても、彼の恋人は嫌な気持ちになるだろう。自分が助かるために、誰かが傷つくのは嫌だ。

「もしいたら、君にこんな申し出はしないよ。俺にもいろいろ事情があるんだ。この歳だから、周囲もあれこれとうるさくてね」

笑いながら困ったように眉尻を下げる彼を見て、なんとなくわかった気がする。男女かかわらず、ある一定の年齢に達した独身は周囲から結婚を期待されるものだ。

「だから君が気にする必要はない。迷わないで、受け入れてくれ」

下から乞うように見つめられて、どうしようもなく胸がうずく。ドキドキと高鳴る胸が彼を受け入れたいと思っている証拠だ。

ただ恋人のふりをするだけなのに、こんなにときめいてしまって恥ずかしい。でもたとえふりだとしても、彼にこんな態度を取られるとどうやったって、断れそうにない。それに彼の言う通り、間違いなく良介を牽制できる。

「……わかりました。よろしくお願いします」

私の言葉に彼が頬を緩めた。そしてもう一度私の手の甲にキスをする。

「ありがとう。絶対に後悔はさせないから」

彼の言葉の強さに胸が苦しいくらいときめいた。本当に付き合うわけではないのに今からこんな状態で大丈夫だろうか。

私の中の臆病な私が警鐘を鳴らす。彼の行動や言葉は、恋人役の私にくれるもの。決して私自身に向けられるものではない。そこを勘違いして、彼に好意を抱いてしまってまた傷つきたくない。

恋はもうしたくない。もし惹かれそうになったら、傷つく前に逃げ出せばいい。

弱い私は自分に予防線を張って、恋人役の彼と恋人らしく振る舞うと決めた。

＊＊＊

別れ際に見た彼女は、わずかになにか思い詰めた様子だった。

帰宅後、シャワーを浴びてペットボトルのミネラルウォーターを呷る。不在がちなこの家にあるのは、水とコーヒーくらいだ。

「はぁ」

深い息を吐いてソファにもたれかかる。天井を見上げて目をつむる。すると自然に瞼の裏に彼女の顔が思い浮かんだ。

会えるかどうかもわからない相手に会いに行く。それは俺にとってはとても珍しいことで、いつもならそんな暇があれば仕事のひとつでも片付けるだろう。自分の時間がどれだけ限られているか知っているからだ。

それなのに彼女のもとに向かうことに躊躇しなかった。そして今日の自分の選択は間違いなかったのだ。

まさか彼女の元夫が、まだあんなにひどい執着を見せているなんて。最初に見た時の彼女の怯えた顔を思い出し、一度抑えたはずのあの男——谷口に対する怒りがふつふつと湧き上がる。

なんの権利があって、彼女を怯えさせているんだ。考える間もなく体が動いていた。反射的に『伊都』と名前を呼び、彼女をあの男から避難させた。

『俺と付き合えばいい』

とっさに出た言葉だったが、なによりも俺の気持ちを表した言葉だった。もしかしたら彼女がＯＫするかもしれないという淡い期待もしたけれど、やっぱりそれは無理で。

だからなんとか〝恋人役〟をもぎ取った。

過去の彼女の話、そして現在も急に現れた元夫に苦しめられているとあれば、今恋愛に前向きになれないというのは十分理解できる。

だからこそあの別れ際の、あの顔なのだろう。

理解できているはずなのに、思わず本気の告白をしてしまうとは何事だ。

今日の行動を後になって冷静に振り返ってみても、自分らしくない行動ばかりだ。

予定外に会いに行ってみたり、突然気持ちを伝えてみたり。

ただそんな自分が嫌いじゃない。そして俺にこんな行動をさせる彼女に対する気持ちは、興味がある以上のものだ。

周囲に優しく気遣いができ、自分で一生懸命前に進もうとする、強いけれど、時々もろい彼女。話をして一緒にいると離れがたい。どうしても彼女が欲しい。

まずは恋人役だけれど、すぐにその〝役〟という文字を取ってみせる。

それくらい、なにがなんでも彼女を手に入れたいと切実に思う。

＊　＊　＊

それは九月の半ばにある三連休の初日。残暑というよりもまだまだ夏本番の気配に、そろそろ嫌気がさしてくる。

お風呂上がりに冷たい麦茶を飲んでいた私のもとに、八神さんから電話があったのだ。

《パスポートは持ってる？　韓国《かんこく》に日帰り旅行しないか？》

突然言われて「はい」とすぐに返事ができるわけもない。説明を求めたら彼は電話口で大きく笑っていた。

《それはそうだよな。実は明日、向こうでの視察を兼ねた仕事があるんだ。ただその日を逃すと君と会える日が随分先までない。それじゃさみしいなと思って》

「そ、そうですね」

そうとしか答えようがなかった。さみしいなんてきっとリップサービスだろうけれど。そんな風に気を使ってもらって無下にもできない。

「お誘いありがとうございます。楽しみにしています」

電話を切ってから「はぁ」と大きく息を吐いた。彼と話をするのは楽しいのだけれど、なんだかいつも最終的には彼の思い通りになっているような気がする。

お隣の国とはいえ、いきなりの海外。私じゃなくても初デートで行く場所としてはいささか……いやかなりハードルが高い。大丈夫かなと思いつつ見た、手元にある雑誌にたまたま韓国旅行の特集が組まれていた。なんとなくこれも神様のお導きだとよくわからない言い訳をして、彼とのデートをＯＫした。

いや、彼はデートなんてひと言も言っていなかった。勘違いしてちょっと恥ずかしい。ひとりで勝手に身もだえながら、私は明日なにを着ていくのかを考えた。

韓国旅行についてはＯＫした。でもまさかプライベートジェットに乗せられるとは思わなかった。

普段の旅行の時と同じく出国審査を受け、待機中のジェットのところまで車で移動する。

「こんにちは」

スタッフ二名がタラップの両脇に立ち、こちらにさわやかな笑みを向けていた。

こんな感じなんだ……。

タラップから中に入ると想像よりもずっと広い。声も出さないまま珍しくてあちこち目線を走らせた。

　乗務員に案内されて席に座ると、やっと興奮が落ち着いてきた。

　慣れた様子の八神さんに尋ねる。

「あの、グランドオクトホテルって視察にプライベートジェットを使うんですか？」

「え、どういう意味？」

　彼が首を傾げている。私の聞き方がなにかおかしかったのだろうか。

「だって私は今までプライベートジェットに乗ったことなんてありません。それなのに八神さんはすごく慣れているから」

　乗り慣れていないなら、私のようにもの珍しくてあちこち見るはずだ。

「あぁ。そういうことか。仕事にもよるかな。定期便の方が都合がいい場合もあるから」

「そうなんですね」

　マネージャーという職種は、私が思っているよりもずっと上の役職なのかもしれない。どんな仕事なのか内容がちょっと気になる。

「視察って具体的にどこを周るんですか？」

「日本《にほん》へ誘致したいレストランやスパ、あとはホテルを建設できそうな場所があるかどうか。そのあたりを現地で実際に確認したり人に話を聞いたりかな」

「なるほど」

グランドオクトホテルは、たしか韓国には進出していない。市場調査をしてから検討するのだろうか。

「ひとりでは入りづらい店もあるし、女性の意見も聞きたいから君に同行してもらう。一般の人の意見が一番ありがたいんだ。ホテル関係者だとどうしても利益優先で考えてしまうからな」

「それなら頑張って協力します」

素人の意見が聞きたいとあらば、全力で協力させてもらう。

でも……それってマネージャーの仕事なのかな。

そんな疑問が頭に浮かんだが、すぐに彼との会話に夢中になり流れていってしまった。

「すごくまじめに仕事をするみたいに言ったけれど、今日は本当は佐久間さんとデートしたかっただけ」

「デ、デートって……」

「でも恋人役ならデートくらいしておかないと。他の人の前に出た時にぎこちなくなってしまうと困るだろう」

「それはそうですけど」

デートと言われて、いつもと彼の雰囲気が違うことに気が付いた。

清潔感はあるけれどラフな髪型。涼しげな素材の紺色のジャケットにストライプのシャツ。足元はデッキシューズとカジュアルだけどおしゃれだ。

視察では、レストランや施設などを見るので、スーツではなく、ラフな格好なのだろう。

「それ、この間のワンピースを着てきてくれたんだな」

「あ、はい」

実はなにを着ていけばいいのか迷ったのだけれど、せっかくなので彼の選んでくれたワンピースを着ていくことにしたのだ。

これなら失敗しなくて済む。

「やっぱりすごく似合ってるね。素敵だ」

「八神さんのセンスのおかげです。でも……ありがとうございます」

私が彼の服装を見ていたのと同じように、彼も私の洋服を気にしてくれていた。

たったそれだけ、なんでもないことなのになんだか胸がくすぐったい。

会話を楽しんでいたら、すぐに離陸時間になった。

どんどん小さくなる街並みを、わくわくした気持ちで眺めていた。

プライベートジェットに乗って二時間半。

快適な空の旅で私たちはあっという間に、異国の地に降り立った。

最初はいきなり韓国旅行と言われて戸惑っていたのに、日本とは違う空気にわくわくする。

「とりあえず食事に行こうか」

空港にはリムジンが迎えに来ていた。手配は完璧でなにもかもいたれりつくせりな状況に感動する。

車でソウル市内に向かう途中にある建物に立ち寄った。

緑に囲まれた韓屋《ハノク》──韓国の伝統的な建築物──に足を踏み入れると、途端に昔の韓国にタイムスリップしたような気持ちになる。

「ここでは昔ながらの宮廷料理を、うまく現代風にアレンジして食べさせてくれるんだ」

「楽しみです！」

韓国の宮廷料理はドラマで見て、どんなものなのか気になっていたのだ。

席に着いてしばらくすると料理が運ばれてきた。

「韓国の宮廷料理は陰陽五行の考え方に基づいて作られているらしい」

「そうなんですね。知りませんでした」

さすがに知識も豊富なのだと感心する。

「俺もさっき調べたんだ」

「もう。言わなきゃばれなかったのに」

彼が肩を竦める姿を見て笑ってしまった。

普段はしっかりしていて、クールな雰囲気の彼だが、一緒にいるとその印象はがらっと変わる。

大人の気遣いを見せられたと思ったら、子どもみたいにくすっと笑わせてくれたり。

他愛のない話をしていても、お互いの感性が似ていて楽しくて時間があっという間に過ぎていく。

独特の銀食器や、色とりどりの食材。建物の雰囲気もあって、食事も大満足だ。

「はぁ、美味しかった。でもこれは男性よりも女性が喜びそうですよね。品数が多くて、彩りも豊かなので」

「なるほど、ちゃんとした感想をくれてありがたい」

「もちろんですよ。そのために一緒に来たんですから」

「勘違いしないでほしい。デートがメインだから」

「それは……はい」

結婚前もほとんど恋愛をしておらず、もちろん最近も男性とデートする機会なんてなかった。だからこういう時どういう反応をすればいいのか迷う。

八神さんは私が困った顔を見せると、なぜだかうれしそうにしている。

「じゃあ次の場所に行こうか」

彼に言われるまま、連れてこられたのは高級スパだ。

庭園の中に建つ一軒一軒がプライベートな個室になっており、そこで施術を受けることができる。

「もっと、綺麗になっておいで」

「は、はい」

急に甘い言葉をかけられて、おどおどしてしまう。なんて返していいのかわからず、結局なにも言わないまま、スタッフに連れられて更衣室に入った。

着替えを済ませると、案内され施術用のベッドに横たわる。

「それでは始めます」

「はい、お願いします。あの、日本語お上手ですね」

「少しだけです」

にっこりと笑う女性の手によって、私の体が綺麗に磨かれていく。

お肌がつるつるになっていくが、日頃のパソコン作業や営業で疲れた体もほぐしてくれる。気が付いたら私は寝息を立てていた。

「終わりましたよ」

「……はい。ありがとうございます」

すっかり寝入ってしまっていた。大きく伸びをすると体のあちこちが楽になっているのを実感した。

ここ最近ずっと気を張っていたせいか、眠りも浅かった。自分では大丈夫だと思っていても疲れがたまっていたようだ。

私は軽くなった体で着替えを済ませると、ヘアメイクのサービスを受けて、カフェラウンジに案内された。

「八神さん、お待たせしました」

テーブルに座ってパソコンを開いている彼のもとに駆け寄る。

「どう、すっきりした?」

「はい、もう気持ちよくて。感想を言わなくちゃいけないのに実は寝てしまって」

「ははは。それでいいんだよ。これは日頃疲れているだろう君へのご褒美」

彼はパソコンを閉じながらにっこり笑った。

「でもお待たせして申し訳なかったです」

「いや。仕事関係者と会っていたから気にすることはない」

「そうだったんですね。安心しました」

出されたブレンドティーを飲む。変わった風味だが体にはよさそうだ。

「私だけ癒されてすみません」

私は随分すっきりしたけれど、彼はずっと仕事をしていたのなら疲れているのではないだろうか。

「いいや。俺も十分楽しんでいるから。君が韓国まで付き合ってくれてうれしいんだ」

「ありがとうございます。日常から離れてすごくリフレッシュできています」

ストレートな言葉に頬が熱くなる。

「じゃあ次はショッピングに行こうか」

「はい」

彼に言われるまま移動したのは、ソウル市内の繁華街だった。

「はぁすごい。テレビでは見たことあったんですけど初めてでドキドキします」

エネルギッシュな街中を、手を繋いで歩く。百貨店やショッピングモールのようなビルが立ち並んでいるけれど、私が気になったのは屋台だ。

通りを歩くだけで、あちこちからいい匂いが漂ってくる。

トッポキ、おでん、ホットク。

最近では日本でも食べられるが、本場の味はどういうものだろうか？

「どれが食べたい？」

「いいんですか？」

「そんなに興味津々な顔されたら、ダメだって言えないだろ」

「す、すみません」

そんなに顔に出ていたのかと恥ずかしくなる。

近くにあった屋台でトッポキを調達し、店先のベンチに座って食べた。

「熱っ！　あ、辛い。でも美味しい」

口元を押さえながら、ハフハフする私を見て、八神さんはおかしかったのか声を出して笑っている。

「ごめん、あまりにもかわいくて。ゆっくり食べるといいよ」

「はい。あ〜辛い」

顔から火が出そうで、水を飲みながら手でパタパタと仰ぐ。

「そんなに辛いのか？」

「はい。八神さんも召し上がりますか？」

彼が頷いたので私が容器ごと彼に渡そうとする。けれどそれよりも早く彼が口を〝あーん〟と開いて待っている。

その意味はわかるけれど、念のために確認した。

「私が食べさせるんですか？」

「もちろん」

「あの、ご自分で――」

「今日はデートだから、このくらいは練習しておかないと。俺、谷口って人の前でうまく立ち回る自信がないな」

練習なんかしなくても、完璧にやりきりそうだけど。もしばれるとしたら私がぼろを出しそうだ。

だとしたら、やっぱり練習しておいた方がいい？

「わかりました。ではどうぞ」

私が差し出すと、彼は口を開けてトッポキをひと口頬張った。

「ん……確かに辛いな。でもうまい。もうひとつ」

普段完璧な彼がこんな催促をするなんてなんだかおかしくて、くすくす笑いながらふたつ目を彼の口に運ぶ。

「ありがとう。伊都に食べさせてもらったから余計にうまいよ」

「あ、あの八神さん？」

今、〝伊都〟って呼んだ？　これまでも良介を牽制するために、彼がわざと名前で呼んだことはあったけど……。

「名前呼んだの嫌だった？」

私は慌てて否定する。

「いえ、少し恥ずかしいだけです」

「わりと自然に呼んだつもりだったんだけど。これから先は〝伊都〟って呼びたい」

「はい。だ、大丈夫です」

「本当に？」

実はあまり大丈夫ではない。そんな甘い声で名前を呼ばれるとほだされてしまいそうになる。

私ってばこんな簡単な人間だった？

ドキドキする胸を押さえて頷いた。

「だったら、俺のことも恭弥って呼んでほしい」

「な、なんでですか？」

それとこれとは話が別だろう。

「俺だけが呼ぶなんて不公平じゃないか？」

呼びたいと言ったのは彼なのに、どうしてそういう話になるのだろうか。

「私はそうは思わないんですけど」

「俺は思う。だから呼んでみて。より恋人らしく見える」

それを持ち出されると、拒否できない。

「……恭弥さん」

緊張で声が掠れた上にたどたどしい言い方になってしまった。しかし彼はまんざらでもなさそうな顔をしている。

「うん、いいな。もう一回」

「はい。恭弥さん」

「合格。これでずっと恋人らしくなった」

隣に座っていた彼が私の顔を覗き込む。

急に顔が近付いてきて、思わず後ろにのけぞりそうになったのを彼の手が支える。

ち、近い……どうして。

もうこれ以上ドキドキが続くと、慣れない私は卒倒してしまいそうだ。

限界を感じた瞬間、彼の手が伸びてきて驚いて縮こまる。すると彼が私の唇の端を指で拭った。

「ソースついてるぞ」

「……ソース」

「ほら」

彼の長い指先に赤いソースがついている。

「あ、ありがとうございます」

変な想像をしてしまって恥ずかしさで身もだえしそうだ。

「なにか期待した？」

「い、いいえ」

私の顔を覗き込んでくすくす笑っている。

「こういうの慣れていないんで、あまりからかわないでください」

「ごめん。ついかわいくて。ほら、食べたら次へ行こう」

「はい」

立ち上がった彼が、私に手を差し伸べる。なんだって急にこんなハイレベルな恋の駆け引きをすることになったのかわからない。

そこからずっと私たちは一日中手を繋いで歩き、見つめ合って、笑い合った。まるで本当の恋人同士のように。

歴史的建造物や、韓国の新進気鋭のアーティストの展覧会などを見学していると、あっという間に時間が過ぎた。

名残惜しいと思いつつ乗り込んだ帰路のプライベートジェットで約二時間半。行きとは違って、リラックスして楽しむことができた。

機内でもお互いどちらからともなく話しかけて、話題が尽きることはなかった。

私ってこんなにおしゃべりだったっけ……。

とくに共感を覚えたのは、彼もお祖母様を大切にしているということだった。

私は両親が忙しく働いていたので、物心がついた時から祖母の家で過ごす時間が長かった。

その祖母も私が高校生の時に亡くなってしまったが、今でも小さな頃の思い出は両親よりも祖母と一緒のものが多い。

彼は両親が厳しかったらしく、いつも祖父母のところに逃げ込んでいたようだ。

小さな頃の彼の話に触れたことでより身近に感じた。

今日でどれだけ彼との距離が縮んだだろうか。

会話が途切れても気まずさはない。穏やかな時間がふたりの間に流れている。彼と出会ってまだそう日が経っていないし、会った回数は数える程度だ。それなのにこんなに落ち着くなんて。

彼といると心地よい。今日一緒に過ごして彼の気遣いや優しさを感じた。彼との明るい未来が頭をよぎることもあった。

でもだからといって心から彼を信用していいものだろうか。

心から信じていた人に裏切られた過去の私が、彼に向かう気持ちにストップをかける。また信じた人に裏切られたら、私はもうなにも信用できなくなってしまうのではないか。そう思うとどうしても素直に一歩が踏み出せない。

「今日一日すごく楽しかったです。ありがとうございます」

でも、ちゃんと感謝の気持ちは伝えておきたい。

「俺の方こそ、急に連れ出して悪かった」

「いいえ、確かに驚きましたけど、恭弥さんにならどこに連れていかれても平気です」

彼なら任せておいて問題ない。そういうつもりで言ったのだけれど。

「そんなこと言われたら、今日は君を帰さずに俺の部屋に連れ去ってしまいたくなる」

「そ、そういう意味じゃなかったんですけど……」

慌てて否定するけれど、彼は楽しそうに私の顔を覗き込んできた。

「俺にはそう聞こえた」

ジッと見つめられ、蠱惑的な態度にドキドキしてしまう。

「今日はもう、練習はキャパオーバーです！」

「ははは、ごめん。ついからかいたくなるんだ。部屋へ誘うのはまた今度のお楽しみにしておく」

今度……と聞いてドキドキするが、今日のところは回避できたとホッとする。

彼ともっと一緒にいたいという気持ちはあるけれど、だからといって部屋まで押しかけるのはダメだ。絶対。

私の心臓がもたない。

なんだかんだと彼の手のひらの上で踊らされている。

機体の高度がどんどん下がってきて、眼下に街の明かりが確認できた。

「見えてきましたね」

「あぁ。そうだな」

なんとなく会話が途切れる。その空気の中にさみしいという気持ちが混ざっていた。

飛行機のタラップから降りて、入国審査を受けゲートを抜けると、日本に帰ってきたのを空気の匂いで感じる。

その時、恭弥さんがスマートフォンを確認した。

「ごめん、ちょっと電話しても?」

「どうぞ。そこで待っています」

ふかふかのソファがあるので、座って待つことにする。

彼は少し離れたところで電話をしている。今日何度かこういう場面があった。出社していなくてもこんなに忙しいなんて、ちゃんと休めているのか心配になる。

彼の電話はまだかかりそうだと、私はスマートフォンで撮った今日の写真を眺めることにした。

ここ最近で一番充実した一日だった。

画像を開くたびに楽しかったことが思い出される。

その時、画面に良介の名前が表示された。

驚きでビクッと肩が震えた。その後は彼に対する嫌悪感が胸に渦巻く。

休みの日にいったいなんだろう。緊急の仕事の連絡かもしれないから、本当は出ないといけないのだろうけれど、どうしても通話ボタンが押せない。

そのうち、画面が待ち受けに戻る。

ホッとしたのも束の間、その後すぐにメッセージが送られてくる。それも立て続けに何通もだ。

最初は仕事の話かと思って確認したけれど、まったく違った。

私たちの結婚式の時の話、デートでよく行った店の話。そういった類のメッセージが何通も……。

まるで私に『過去を忘れるな』と言っているように思えて背中に冷たいものが走る。

画面に次々に表示されるメッセージ。私は思わず眉間にしわを寄せた。

「どうかしたのか？」

「いえ、なんでも――」

「伊都、困ってるなら困ってるって言ってほしい。一緒にいる時くらいはすぐに君の力になりたいんだ」

ひとりでなんとかしようと思っていたのに、彼の言葉に気持ちが動いた。

ここでなにも話をしない方が、彼に心配をかけてしまうだろう。

「実は元夫から連絡があって」

「内容は？」

私は彼に自分のスマートフォンを見せた。その内容に彼はあきれた顔をした。

「……この男はいったいどういうつもりなんだ。彼の行為は完全にセクハラとストーキングにあたる」

私よりも憤慨してくれている。誰かと思いを共有することでこんなにも救われるなんて。

「ありがとう、恭弥さん。私のために怒ってくれて」

「あたりまえだろう。君は忘れているかもしれないけれど、俺たちは恋人同士だ。彼女が嫌な思いをしているのに黙っているような男じゃない」

彼の言葉に胸が熱くなる。恋人のふりのはずなのに、私を勇気づけるためにこんなことまで言ってくれるなんて。感動を我慢できるはずなんてなかった。

今日は何度、彼に心揺さぶられるんだろうか。

「プライベートについては俺の存在をアピールして。しっかりと彼氏がいると宣言するんだ、いいか?」

「はい。ご迷惑をおかけします」

「何度も言うけど、ひとりで抱え込まないように」

「わかりました。ありがとう。恭弥さん」

私は感謝の気持ちを込めて、彼を見上げた。

「抱きしめられないのが残念だ」

「そ、それは。また今度で」

「今度ならいいんだな。楽しみにしておく」

いいとは言っていないけれど、彼は私の手を引いて立ち上がらせた。

繋いだ手が頼もしくて良介からの連絡で沈んでいた気持ちが慰められた。

ひとりじゃないって、すごく心強い。

その上一緒にいてくれるのが、恭弥さんだ。出会って間もないけれど彼は信じられる……信じたいと思う。どんどん湧き上がってくる後ろ向きな気持ちに飲み込まれそうになっても、彼が手を差し出して引き上げてくれる。それがどれだけ私にとってありがたいことか。

彼のその存在が、私を勇気づけてくれた。

金曜日の仕事終わり。

会社近くの居酒屋では、営業一課のメンバーで良介の歓迎会と、グランドオクトホテルの受注のお祝いを兼ねた飲み会が行われていた。

総勢十五名での飲み会。席は三つに分かれてそれぞれ好きな席に座っている。

私は松本さんや女性の多いテーブルに座って、彼女たちとおしゃべりに花を咲かせていた。

良介は今日の主賓である上に、この場では一番役職が上なので上座にいる。おかげで私は彼から一番離れた位置に座って落ち着いていられた。

職場のメンバーとは仲よくしているので、飲み会自体はいつも楽しい。

もともとあまり上下関係の厳しくない和気あいあいとした職場なので、今もみんな楽しそうにしている。

「佐久間さん、先日日帰りで韓国に行っていたんですよね」

「うん、初めてだったけど楽しかった」

「えーコスメとかお使い頼みたかったです」

「ごめん、急だったから」

私も前日まで知らなかったのだから仕方ない。

「急にって、彼氏とですか？」

普段はオブラートに包んだ会話をする松本さんだけれど、今はお酒が入っているせいかストレートに聞いてきた。

「私もそれ聞きたいと思ってたんです！」

他の女性社員たちも前のめりになって私の方へにじり寄ってきた。

「そ、それは……そうなんだけど」

恭弥さんには、周囲にちゃんと恋人と宣言するように言われている。しかし〝恋人役〟なので、なんとなく大っぴらに言うのははばかられるのだ。

とはいえここではっきり言っておけば、良介の耳にもすぐに届くだろう。そうすればかなりの牽制になるはず。

実際に彼が私と一緒にいるのを見せるのは難しい。今日も彼は台湾へ出張しているはずだ。だからこうやって話の節々で匂わせるのがベストだ。

「最近できたの。ちょっとしたトラブルがあった時に助けてくれたのがきっかけで」

「えーロマンチック」

恋バナ好きな周囲の面々が、キャーッと黄色い声をあげている。

「シー、みんな声が大きい」

「大きくもなりますよ。あぁいいなぁ〜とりあえず乾杯しましょう。すみませーん」

松本さんが手を上げてスタッフを呼んだ。

みんなもおかわわりを注文して、もう一度乾杯をした。

それからはいつも通り盛り上がり、みんな上機嫌で飲み会は終わった。

外に出て二次会に向かう人と、駅に向かう人で自然と分かれる。

私はカラオケが苦手なので、今回はまっすぐ帰宅する。

周囲に軽く挨拶をして帰ろうとした。楽しくて警戒心が薄れていたせいか、背後にいる良介の存在に気が付かなかった。

「伊都、帰る前に少し話をしよう」

私にだけ聞こえる声で誘ってくる。

「お話なら月曜日でお願いします。おつかれさまでした」

すり抜けようとする私の腕を掴んだ。

「今ここで俺たちの過去について話をしてもいいんだぞ」

「脅すんですか？」

私がにらむと、良介はニヤッと笑った。

その時手に持っていたスマートフォンが震えはじめた。画面を見ると恭弥さんからの電話だった。

「もしもし」

良介から今すぐ逃れたいと縋るような気持ちで、断りなしに電話に出た。

《伊都、後ろ見て》

「えっ？」

私が振り向くと、電話をしながら歩いてくる恭弥さんがいた。こんなピンチの時に颯爽と現れるなんて、私は幻を見ているのだろうか。

「え、どうして。週明けまで出張だって言ってませんでしたか？」

電話を通しての質問に、彼は目の前に来て答えてくれた。

「伊都に会いたくて、早く帰ってきたんだよ。ただいま」

確かに今日は飲み会があることも、場所の話もしていた。だからって来てくれるとは思っていなかったのに。

「おかえりなさい。恭弥さん」

さっきまで不安でいっぱいだったのに、彼の顔を見ただけでそんなものどこかに行ってしまった。

突然現れた、凄まじく麗しい男性に周囲の注目が集まる。それまで離れていたはずの松本さんたち女性陣はすでに近くにいた。

「彼女がお世話になっています」

恭弥さんが周囲に挨拶をすると、松本さんを始め女性陣たちから黄色い声があがる。

「先日もお会いしましたね。伊都の上司の谷口さんですね。ご挨拶させてください」

「あ、ああ」

突然現れた光り輝くような美丈夫に、良介を含め周囲は圧倒されている。

「八神恭弥と申します。今後とも彼女をよろしくお願いします」

恭弥さんが差し出した名刺を、良介が受け取った。

「グランドオクトホテルにお勤めなのですか？」

「はい。ちらっと聞いたのですが、今度うちにシステムを納入していただけるようで、楽しみにしています」

わざわざ言わなくてもいいのに、恭弥さんは私のために釘を刺した。私になにかすればそれが恭弥さんに伝わる。取引先との関係を考えれば良介の行動も収まると予想したからだろう。

「こ、こちらこそ。よろしくお願いします」

良介は私には見せない丁寧な態度になった。

十分効果はあったようだ。

「では、失礼します。伊都、行こうか」

「はい」

社内の人たちの視線を浴びながら、彼に手を引かれて歩く。これでは週明けの出社後、きっと根掘り葉掘り聞かれるだろう。

やっぱり……ちょっと恥ずかしい。

「あの……手を繋ぐ必要ありますか?」

「この方が効果的だ」

「でも……」

私の反論を封じ込めるかのように、彼が指を絡めてギュッと手を繋ぎ直す。

それが彼の答えなのだ。せっかく彼が私のためにここまで来てくれたので、彼の言う通りにしよう。

しばらく歩いたところに彼の車が止まっていた。

「どうぞ」

「ありがとうございます」

助手席に乗せられ、シートベルトを締める。彼が運転席に乗り込むと、ゆっくりと発車した。

「先ほどは本当に助かりました。ありがとうございます」

「いいや、間に合ってよかった」

「そうだ、出張だったんですよね？」

「あぁ、伊都に会いたいから早く帰ってきて正解だった」

「またそんな冗談を言う」

「本気だよ。じゃなきゃ、わざわざ会いになんて行かないから」

運転中の彼の横顔を見つめる。

「うれしいです」

会えないと思っていたのに会えた。それも困った時に彼が助けに来てくれた。

彼の顔を見るだけで気持ちが浮上したことで、それほど彼に会いたかったのだと、今自覚した。

「そう言ってもらえてよかった」

彼の表情が緩んだ。

「実はこの後、仕事に行かないといけないんだ」

「じゃあ時間がないのに、来てくれたんですね」

彼の優しさに感動する。言葉だけではなくこうやって行動で示してくれる。

「さっきも言っただろ。会いたかったんだ」

ちょうど私の住んでいるマンションの前に車が到着した。その時、彼が私の手をギュッと握った。

そこから感じる温もり。とても安心するしドキドキする。彼といると心が軽くなる。時折襲われる負の感情に負けないように耐えていた私に、寄り添ってくれる人。

個人的な面倒事から守るために私に手を差し伸べてくれた人。

彼といれば自然に笑顔になっている。自分にまたこんな穏やかな時間が訪れるとは思っていなかった。

そう、彼が私を変えてくれた。そして彼の隣にいれば、私はこれからも変わり続けることができる。

恋人役の彼に、こんな気持ちを伝えたら困らせるかもしれない。でも、それでも私は今どうしても彼に自分の気持ちを伝えたくて仕方ない。

彼の手の上に自分の手を重ねた。

「……私、恭弥さんが好きです」

思わず気持ちがこぼれ落ちていた。

彼は信じられないものでも見たかのように、目を大きく見開く。

私の言葉に驚いているようだ。彼にとっては突然の告白、迷惑だったかもしれない。

「あの、でも。恭弥さんが善意で私と付き合うふりをしてくれていることも、私に気持ちがないことも理解しているので」

どうか気にしないでほしいと最後まで言う前に、彼が私の名前を呼んだ。

「伊都……」

彼の美しい漆黒の目が私を捕らえている。

「わ、わかってるんです。本当は恋人のふりをしなくちゃいけないのに。なのに……本気になってしまって。この気持ちは恭弥さんにとっては迷惑でしかないって――っ」

私の手に重なっていた彼の手が離され、シートベルトが外れる音がして肩を抱き寄せられた。

「迷惑なんかじゃない。迷惑なわけ、ないだろう」

「きょ、恭弥さん」

背中に回された彼の手に、ギュッと力がこもる。

「俺ははっきり伝えたはずだ。『俺と付き合えばいい』って」

「でもあれは……私を元夫から守るためだったんですよね？」

彼は少し腕を緩めて、私の顔を覗き込んだ。

「俺は本気だった。でもあの時の伊都はまだ恋をする準備ができていなかっただろう？　だから恋人役を買ってでて、少し待とうと思った。伊都の中の恋をしたいっていう気持ちが育つまで」

彼の告白が本心からのものだと知って驚いた。彼の真心は伝わっていたものの、恋愛とはまた違った好意だと思っていたのに。

そして彼はすべてお見通しだったのだ。私の憂いや迷いもすべて。

その上で私の気持ちを尊重して待ってくれていた。

胸がきゅうと甘く締めつけられる。うっかりすると泣いてしまいそうだ。

「恭弥さん、私、人を好きになるのが怖かった。でもあなたを知るたび好きになって……だから――」

「伊都、好きだ。好きなんだ」

彼がそう言いながら私を抱きしめた。

彼の腕に包まれ、胸のときめきが止まらない。甘くしびれる感覚に、私は気が付いたら彼の背中に腕を回していた。

彼の手が緩み、お互いの視線が絡む。ゆっくりと距離が近付き、そのまま唇が重なった。

頭の中が彼でいっぱいになる。唇から伝わる熱に翻弄され、ドキドキと胸が苦しい。うれしくてたまらない。体中が幸せで満たされていく。

彼が私を見つめる視線がいつもよりも甘い。

「うれしいよ。やっと心からの気持ちを伝えられて」

とろけそうな笑みを浮かべる彼。

何度か繰り返されたキス。唇が離れるたびに名残惜しくてまた唇を重ねた。

車内が対向車のヘッドライトに照らされ、私たちはやっと離れた。

彼は私の顔を見て、悔しそうにする。

「これから仕事じゃなければ、このまま連れ去ったのに」

「え、いや……あの、えーっと」

色っぽい目で見つめられるとドキドキしてしまう。

私だってもう少し一緒にいたい。でも彼の仕事を邪魔したくない。

「お仕事をしている姿も好きなので、頑張ってください」

なんとか気持ちを落ち着かせて無難な答えを伝える。

「はぁ、そう言われたら頑張るしかないな」

彼が残念そうにしている姿に、愛しさが増す。

「次に会える日を、楽しみにしています」

「あぁ、それを励みに仕事してくる」

残念そうに笑う彼に、私も笑顔を向けた。

私が車のドアを開け、降りようとすると、彼は私の手を引いて最後に頬にキスをした。

ドキドキしながら車から降りる。

「また連絡します」

「あぁ、おやすみ」

私は彼の車が見えなくなるまで見送った。

そして、ときめきを胸に抱えて彼を思う。

今日から八神さんが本当の彼氏。

そう思うとくすぐったくてふわふわして、その日はなんだか心ここにあらずで過ごした。

そして幸せな気分の中、ただ彼への思いを胸に眠りについた。

第四章　新しい私

彼と思いが通じ合って一週間弱。

久しぶりの恋に浮足立っている自覚はある。でも自分ではこの気持ちをどうすることもできない。ただただ周りが明るく見えて、彼がいないところでもなにもかもが充実しているように思えた。

昼休み。私は松本さんにランチに誘われたのを断って電話をしていた。相手はもちろん恭弥さんだ。

「もうすぐ出発ですか？」

《あぁ。今空港だ。伊都、お昼は食べたのか？》

「後で食べます。今は電話したいから」

自分で言って、少し恥ずかしくなった。これでは遠回しに〝好き〟と言っているようなものだ。

でも恭弥さんは不規則な仕事で出張も多く、なかなか予定が合わない。

こまめに連絡してくれるけれど、それだけではやはりさみしい。

だから会えないぶん、自分の気持ちを素直に伝えて彼への思いを表していた。

《そんな風に言われると、伊都も一緒に連れていきたくなる》

「私も行きたいです。今からどこに向かうんですか？」

《シンガポールの後、ドイツだな》

「過密スケジュールですね」

昨日も夜遅くまで働いていたようだ。いつ寝ているのか心配になるほどだ。

《戻ってくる日は仕事を入れていないから、伊都と会いたいんだけど》

「もちろん会いに行きますから。帰ってくるのを楽しみに待ってます」

電話口から搭乗案内が聞こえた。どうやらタイムリミットだ。

「そろそろ切りますね」

《あぁ。なにかあったらいつでもいいから電話しておいで》

「はい。わかりました」

通話終了ボタンを押したくないと思いながら電話を切った。

はぁ、十日間も会えないなんて。

時差もあるから連絡するのも気を使う。恭弥さんは昼夜問わず仕事をしているので、タイミングが難しい。

仕方がないとわかっているけれど、さみしいものはさみしい。

そもそもホテルのマネージャーがこんなに出張ばかりするものだろうか。考えてみれば、マネージャーという役職がどういう仕事を行うのかよくわかっていない。

プライベートジェットだって、きっと社員だからって誰でも使えるわけじゃないはず……。

いろいろ考えながら、休憩ブースを出ようとした時だった。

振り返った先にいた相手を見て、身構える。

「谷口課長。おつかれさまです」

無視するわけにもいかず、短い挨拶をして彼の横を通り過ぎようとしたが、目の前を体で塞がれる。

「電話か？」

「お答えする必要はありません」

隙を見せればつけ入られる。私は常に良介に対して毅然とした態度を取っていた。

「お前もすごい男を捕まえたんだな、あの八神ってやつ」

「八神さんがなんだっていうんですか？」

彼の名前を出されて、話に関心を示してしまった。

「いや、あんな上等な男がお前なんかを相手にするんだなって思ってな。八神の御曹司様がまさか相手とは」

「御曹司って、誰がですか？」

良介の話が理解できずに聞き直す。

「お前の彼氏の話だろうが。ほら」

良介は私に自分のスマートフォンの画面を見せてきた。

経済紙のネット記事のようだ。

「八神恭弥、グランドオクトホテル株式会社社長。八神ホールディングスの御曹司とはすごい肩書だな」

良介はどこか揶揄するような失礼な言い方をする。しかしそれが気にならないくらい私は混乱していた。

画面の中にいるのは、間違いなく恭弥さんだ。

「社長……」

「まさか、お前知らなかったのか？」

理解が追いつかなくて、頭の中が真っ白になる。

私にはマネージャーだって言っていたのに。

けれどこれまで抱いてきた違和感も、彼がグランドオクトホテルの社長だとしたら、納得できる。

「おい、伊都。聞いているのか」

「え、ええ」

なんとか頷いた。しかしショックを受けている私の心に良介の言葉がグサッと刺さる。

「騙されているんじゃないのか？　物珍しくて遊ばれているように俺からは見えるが。飽きられるのも時間の問題だな」

その可能性はゼロではない。たまたま出会った私が、今まで彼の周囲にいた女性たちと違っていて興味が湧いたのだろうか。

でも私は彼を信じたい。

「彼はそんな人じゃないですから。失礼します」

今度は邪魔されないように強引にブースを出た。

どうして話をしてくれなかったんだろう。タイミングがなかっただけ？

もし打ち明けられたらどうしたらいいの。八神家の御曹司の彼と私はどうやったって釣り合わないのに。

不安が胸の中に渦巻く。もう後戻りできないほど私は彼に恋をしていた。

十日後の土曜日の午前中。帰国した恭弥さんと会う待ちに待った日だ。

カレンダーはもう十月になっており、木々の葉が色づきはじめ、夜はしっかりと冷え込むようになっていた。

恭弥さんと出会ったのが梅雨が明ける前の七月だったから、出会ってから二カ月以上経っている。

本当にあっという間だったな。

彼に出会って私の人生が急激に色づきはじめた。

それまでだって充実した毎日を過ごしていたのに、今では彼なしの生活なんて考えられない。

電話で彼の声を聞くだけで、自分の中のどこかに眠っていた愛しさやときめきが湧き上がってくる。日々の生活もなにもかもが、やる気に満ちて恋の力を感じている。

しかしそれと同時に、それを失うのも怖くなってしまった。

――御曹司ってどういうことだろう。

良介に言われて、私なりに彼を調べてみた。それまでなぜ目にしなかったのか不思議になるくらい、彼の情報は巷にあふれていた。経済紙からゴシップ誌、はたまたSNSの中にまで【八神恭弥】の名を見つけた。

確かにグランドオクトホテルの代表は彼、八神恭弥だ。世間では彼を日本の若きホテル王と呼び、世界でも有名だと雑誌に書いてあった。

しかもその八神家というのはホテル業を皮切りに、リゾート開発やアミューズメント事業、ブライダル、レストラン。数え上げればきりがないほど多くの事業を展開している。

そんなまったく違う世界にいる彼が、どうして私なんかと付き合うと決めたのだろうか。

素直に好きだからと思えればいい。でも彼が私を好きになる要素がどこにあるのかわからない。だからといって彼に「私のどこが好き?」なんて聞けるわけなどないし。

それに加えて良介の言葉が胸に引っかかっている。自分に自信が持てればいいのだけれど、過去の結婚の失敗がどうしても私を臆病にさせている。

良介が近くにいるようになって余計にだ。

でも恭弥さんは良介とは違う。必ずなにか理由があるはずだ。むしろ隠しているつもりはないのかもしれない。調べればすぐにわかる。わざわざ言わなかっただけというのも考えられる。

あまり身構えずに素直に彼に聞いてみるのが一番いいのかもしれない。

ハッとして時計を見た。

いけない、せっかく彼と会うのにこんな気持ちではもったいない。

笑顔で会って過ごしたい。

「さてと、早く準備をしなくちゃ」

今日は彼が住むマンションで過ごす約束をしている。出張帰りの彼がゆっくりできればいいと思ってその提案をのんだ。

ただ初めて彼のプライベートな場所に行く私は、なんとなく今から緊張してしまう。

さっきからなにもしないまま時間だけが過ぎていく。

いろいろ考えると手が止まってしまう。とにかく準備をしないと。時間に遅れては元も子もない。

メイク中の顔を鏡で見る。せっかくのデートなのに顔色があまりよくない。ここ最近忙しさにかまけて手入れを怠っていたせいかもしれない。

私は急いで、でも念入りに準備を済ませて、彼のマンションに向かった。

あいにくの曇り空だったけれど、彼に会えると思うと全然気にならなかった。

約束の時間よりも十分ほど早く到着した。

彼から送られてきた地図とマンション名が一致するのだから、ここで間違いないはず。

すごいマンション……。

正面に立ち、上を見ると首が痛くなる。入口にはドアマンがいて、車止めには私でも知っている国内外問わずの高級車が数台止まっていた。

不動産に疎い私でも、ここがどれほど高級なマンションなのかわかるくらいだ。

エントランスに近付くと「いらっしゃいませ」と声をかけられた。私を客人と判断したということは、住民の顔を覚えているのだろう。ここで働く人もプロなのだと感心する。

恭弥さんは、フロントに私の訪問を伝えていると言っていた。

「あの、八神さんとお約束があるのですが」

「はい、うかがっております。どうぞ」

すぐに中に案内されてホッとする。

案内されている途中、エレベーターが開いて男性が降りてきた。

「伊都、いらっしゃい」

「恭弥さん」

私はうれしくて彼のもとに駆け寄る。

連絡は取っていたけれど、実際に会うのが二週間以上ぶりの彼は、出張の後だというのにいつもと変わらずカッコよかった。

ブラックデニムに、グレーのカットソー。外で会う彼とは違い、家で過ごすラフな格好だ。でも彼が着るとカッコよく見えてしまうのだからずるい。

「では失礼します」

「ありがとう」

エントランスから案内してくれていたスタッフが、頭を下げて去っていく。

恭弥さんは私の背中に手を添えて、エレベーターに私を乗せた。

「すみません、わざわざ降りてきてくださって」

「早く会いたかったからね。伊都」

「はい……んっ」

呼ばれて顔を上げた瞬間、もう彼にキスされていた。

不意にされたキスで驚いたけれど、久しぶりの彼との触れ合いを受け入れる。

「ただいま」

「おかえりなさい」

唇が離れてお互い見つめ合う。甘くてくすぐったい。彼が隣にいるだけで私は幸福感に包まれていた。

案内されたのは最上階の五十三階。

圧倒された私は玄関からずっと、感嘆のため息をつきっぱなしだった。

中でも一番すごいと思ったのは眺めの素晴らしさだ。自宅からこんな景色が見られるなんて。

いつもは見上げているようなビル群が、ミニチュアのおもちゃのように見える。まるで自宅が展望台のようで遠くまで見渡せた。

「夜になるとまた違った雰囲気が楽しめるよ」

「そうなんですね。それにしても広いです。私の部屋が何個も入っちゃいます」

冗談でもなんでもない。広いリビングには窓から明るい光が差し込み、革張りのゆったりとした大きなソファとガラスのテーブルがある。

観葉植物も手入れが行き届いていて生き生きしていた。

「お茶を淹れるから座って」

彼がソファをさして勧めてくれる。

「お気遣いなく。早朝に帰国して疲れてますよね？」

「移動中に寝たから大丈夫。こう見えて割と体力があるんだ」

カウンターキッチンの方に移動した彼が、話をしながら準備をしてくれる。

すぐにいい香りがする紅茶が運ばれてきた。

「もしかして――」

「そう。伊都が来てくれるって言うから用意しておいた」

忙しい中私を喜ばせるために、オリジナルブレンドの紅茶を用意してくれていた。

こうやって彼は、大切にされている実感を私に与えてくれる。

「うれしいです。すごく」

テーブルの上には紅茶と一緒にチョコレートが添えられた。

「それは土産。もっといろいろ買いたかったんだけど遠慮するだろう？」

問いかける彼に、苦笑が漏れた。

「はい……よくおわかりで。でもこういうものなら遠慮なくいただきます。あとは話を聞かせてくれたらすごくうれしいです。あ、もちろん話せる範囲で」

その方がよっぽど彼を独占できる。

「欲のないのが伊都のいいところだけど、時々プレゼントしたくなる俺の気持ちも満たしてくれ」

「はい、もちろんです」

そう言って受け取りやすくしてくれる。私も決してうれしくないわけじゃない。

でもそういう細やかな気持ちを向けてくれるのが、なによりもうれしい。

このいい雰囲気の時に、彼に対する疑問をぶつけるべきなのだけれど『御曹司なんですか？』なんて聞くのは、いくらなんでも不躾すぎるだろうか。

ここまできても悩んでしまって、結局無難な会話を選んでしまう。

「シンガポールは暑かったですか？」

「日本とは十度くらい気温の差があるから。でも夜は結構風が強い日もあったし、調節が難しかった」

「シンガポールには、一度も行ったことがなくて……マーライオンしか知らないです」

「まぁ、みんなそんなものだよ。食べ物も美味しいし街も綺麗だから、今度伊都を連れていきたい」

隣に座っていた彼が私の肩を抱きながら、その土地土地のおもしろい話をしてくれる。私の知らない世界をたくさん知っている彼。

「これからは、ふたりでいろいろなところに行こうな。俺の見ているものを伊都にも見せたい」

「……はい」

彼の気持ちはすごくうれしい。けれど彼の立場を知ってしまった今、私は彼の隣に立っていいのだろうか。

好きだけでは済まされない事情が、出てくるはず。

「伊都、食事は俺が作ろうと思うんだけど、苦手なものとか食べたいものある？」

「え、恭弥さんが作るんですか？」

驚いた私を、腕を組んだ彼がわざとらしくにらんだ。

「もしかしてできないと思ってる？」

「そんなことはないんですけど。恭弥さん、なんでもできすぎですよ」

私の知る限り、ずっとカッコよくてずるい。

「なにが苦手なんですか？」

思わず、完璧な彼の弱点を知りたくなる。

「できないっていうか、思い通りにならないことはあるさ」

「もちろんお仕事では、そうだと思うんですけど」

どんな優秀な人でも、行き詰まってあたりまえだ。それを解決する力は私みたいな凡人と違ってたくさん持っているのだろうけれど。

「いや、仕事じゃない。仕事では思い描けばだいたい実現できるから」

それを聞いて絶句してしまった。絶対私には言えない言葉だ。しかもきっとそれは本当だろう。なんだか私の想像が及ぶ範囲の人ではないようだ。

「お仕事じゃなければ、どういう場面ですか？」

仕事すら問題じゃないとなれば、世の中のありとあらゆることを思い通りにできそうな彼なのに。

「それは伊都だよ。告白して断られそうになった時、必死になって〝恋人役〟なんか提案した。やっと付き合えたと思っても二週間以上も会えないし」

「と、突然なにを言い出すんですか……」

目を見開くと同時に、一瞬にして顔に熱がこもるのを感じた。

「本当だ。今までなんでも器用にこなしてきたつもりだけど、伊都に関しては迷ったり悩んだりしてる。でもそれが結構楽しいんだ」

「恭弥さん、私といて楽しいですか？」

なんの取柄もない私。過去に信じていた人に蔑ろにされた傷が、私の心を弱くしていたけれど。

「一緒にいなくったって楽しい。伊都が俺のものなんだって思うだけでうれしいよ」

彼がギュッと抱きしめてくれた。

離婚に至るまでや、その時の自分の気持ちは彼に伝えた。そのことでトラウマになっている私を理解して、大切にしてくれている。

「ありがとう、恭弥さん」

「さて、もっといちゃいちゃしたいところだが、伊都が空腹で倒れる前に料理してしまおうか」

腰を上げた彼に次いで、私もソファから立ち上がった。

「私も手伝います」

「あぁ、助手に期待する」

見つめ合って笑った後、私たちはキッチンで料理を始めた。

彼がランチに作ってくれたのは、モッツァレラチーズとトマトのカプレーゼに、キノコたっぷりのクリームパスタと、ミネストローネ。

私も手伝いはしたけれど、危なげなく包丁を使い、レシピも見ずに手際よく料理をする彼の姿に驚く。

カッコいい人はエプロンも似合うし、料理をする姿もまたカッコいい。

「すごく美味しそう。人に作ってもらうごはんってとくに美味しいんですよね」

朝からちょっと緊張していたせいで、あまり空腹を感じていなかったのに、できあがっていく美味しそうな料理に食欲をそそられた。

「食器は、こちらのを使えばいいですか？」

「あぁ、適当に出してくれればいい」

棚から食器やカトラリーを取り出す。

趣味のいい食器たちは私も知っている高級なものだ。落として割らないように丁寧に扱わなければ。

お皿を並べ終わった時に、インターフォンが鳴った。

恭弥さんが玄関まで出ていくと、お花を持って戻ってきた。

「せっかくだから、テーブルに」

「素敵！」

サーモンピンクの大ぶりのダリアに、小さなバラやユーカリが添えられている。

「この辺りに、あったはず」

恭弥さんが花瓶を出してきてくれたので、私は形が崩れないように花を花瓶に挿してダイニングに飾った。

「とってもいい感じになりましたね」

彼の料理はプロ級だし、花が食卓に彩りを添えてくれた。

「そうだな。お待たせ。食べようか」

彼と向かい合って座って食事を始めた。

「いただきます」

湯気が立ちのぼるパスタを、最初にひと口食べる。

「ん……美味しい！」

思わず声をあげてしまうほどだ。

「その反応はあまり期待していなかった？」

心の中を見透かされて、ドキッとしてしまう。

「そ、そんなことはないんです。でも想像以上なので。本当に美味しい」

「そこまで褒められると、いつでも食べさせたくなるな」

「これなら毎日でも食べられます！」

「ははは。大袈裟だな」

私としては大袈裟でもなんでもなく、そのくらい美味しかったんだけどな。

「もともと料理は好きなんだ。無心でできるからリラックス効果がある」

「いつも忙しそうですね……常にいろいろと考えていないといけないんでしょうね」

「だからこれがいい気分転換になるんだ」

会話を楽しみながら、時間をかけて食事をとり、少し落ち着いたところで、彼が口を開いた。

「付き合いはじめたばかりなのに、なかなか会えなくてすまない」

彼は申し訳なさそうに目を伏せる。

「お互い社会人ですから、仕方ないですよね」

と、そこまで言って今が彼の立場について尋ねるチャンスなのではないかと思う。

別にグランドオクトホテルで働いていないわけではない。嘘をつかれたわけではないのだから……、ただちょっと想像よりずっと立場が特殊なだけ。

「あの、恭弥さ――」

どうやらタイミングが悪かったようだ。私の言葉を遮るように、彼の電話が鳴る。

「ごめん、出てもいい？」

「はい、どうぞ」

彼は「もしもし」と応答しながら別室に向かった。

せっかく尋ねようと思ったのに、という気持ちが半分と、聞かずに済んでホッとしているのも半分だ。きっとまだそのタイミングではないんだと、今はそう思うことにした。

ホッとひと息ついた時、隣の部屋にいた恭弥さんがスマートフォンを手に持ったまま顔を出した。

「すまない。もうすぐ部下が書類を持ってここに来るから受け取ってくれるか？　君については話をしてあるから」

「はい。わかりました」

「待たせて悪い」

申し訳なさそうにした後、扉が完全に閉まるまでの間ドイツ語が聞こえてきた。

すごく忙しそう……。出張から帰ってきたばかりなのに。

彼を心配しながら、テーブルの片付けをして、彼の部下の到着を待つ。

先ほど花屋さんが配達に来た時に、インターフォンの扱いを聞いていて正解だった。

半分ほどお皿を洗い終わった頃、部屋にチャイムの音が響いた。彼の部下が来たのだと思い応対する。

玄関に出ると、スーツを着た若い男性が立っていた。

「グランドオクトホテル、秘書課の田中《たなか》です。書類をお届けにまいりました」

少し緊張した面持ちの彼。大野君よりも若く見える。

「うかがっております。お預かりします」

私が受け取ると、相手は頭を深く下げた。

「よろしくお願いします」

そんな姿が初々しくて、扉を閉めた途端笑ってしまった。

秘書課か。やっぱり社長だから秘書がいてもあたりまえなんだけど、見ないようにしていた現実を突きつけられた気がしてなんとなく気が重い。

少し調べればわかるから、隠しているわけではないだろうけど。

もっと自分に自信があれば、さらっと聞けるのだろうか。今の私にはその勇気がない。

なんでも後ろ向きに考えちゃうの、やめたいな。

ダイニングに戻って書類をテーブルに置いた。

「あっ……」

考え事をしていたせいで、ちゃんと置いたと思った封筒が床に落ちてしまった。

「もう、しっかりしなきゃ」

封筒から中身が出てしまって慌てて拾う。

その時、クリアファイルに挟まっていた書類に、偶然目が留まる。

【佐久間伊都に関する調査書】

……これはいったいなに？

それを目にした瞬間、体が固まってしまった。

それでも目だけはしっかりと書類を確認していて、そこに書いてある内容に驚く。

どうして環さんがここで出てくるの？

盗み見なんてダメだってわかっている。でも彼がなんの目的を持って私を調べたのか知りたい。

見たらダメだ。見ない方が絶対にいい。

わかっているけれど、止められない。

そしてそこに驚愕の事実を見つける。

「……環さんが、恭弥さんのお祖母様だなんて」

読み進めていくと、環さんが過去に詐欺被害に遭いそうになったことがわかった。

そこで急に彼女の家に出入りするようになった私を調べていたの？

「じゃあ……すべて恭弥さんによって仕組まれていたの？」

立っていられなくて、その場にうずくまる。

あのカフェラウンジでの出会いも、良介から救ってくれたのも、私を好きって言ってくれたことも……全部彼が最初から計画していたの？

指先から体がどんどん冷えていくのを感じる。

『お前みたいなおもしろみのないやつ』

『騙されているんじゃないのか？　物珍しくて遊ばれているように俺からは見えるが』

良介の言葉が頭の中に思い浮かんできて、私をどんどん追い詰めていく。

恭弥さんは環さんのために私に近付いたんだ。なにか企んでいないかとずっと監視するために。

出会いを思い返してみれば、彼の行動にはやりすぎだと感じていた。

他のスタッフが対応してもいいのに、忙しい彼が対応したのは私という人物を見張るため。

「……うっ……くっ」

気が付いたら、嗚咽が漏れていた。

やっと好きだと思える人ができたのに。

彼となら前を向いて、歩いていけると思ったのに。

結局、私は彼の手のひらの上で踊らされていた。

彼に夢中になっている私を見て、どんな気持ちだったのだろうか。

私なんかが、夢を見たのが間違いだった。

ボロボロと止まらない涙を必死で拭って、私はバッグを掴んで玄関から外に飛び出した。

すぐに飛び乗ったエレベーター。さっき乗った時はすごく幸せだったのに、それも全部嘘だったなんて。

悲しくてみじめで、どれだけハンカチで涙を拭っても後から後からあふれだしてきた。

途中でスマートフォンがバッグの中で震えていることに気が付いた。確認しなくても相手はわかる。

一度切れてまた鳴りはじめる。私はそのまま電源を落として、一階に到着すると速足でエントランスから外に飛び出した。

できるだけ早く彼から離れたくて走る。

ついていない私に神様はとことん意地悪なようで、外に出た途端、雨が降り出した。

ポタポタと一、二滴落ちたかと思ったら、すぐにパタパタと大粒の雨が落ちてくる。

それでも私は傘を買うことも、雨宿りすることもなく足を動かす。

心が壊れてしまう前に、ひとりになりたい。

声をあげて泣きたい。

今、私の心の中はそれでいっぱいだった。

最初こそ速足で歩いていたが、途中でその元気すらなくなってしまった。信号が青に変わってふらふらと歩いた。

恭弥さん……。これまでの彼のすべてが全部嘘だった。そう思うと胸が苦しくて涙がまたボロボロと流れる。

離婚の時とは違う胸の痛みがあった。浮気をされ女性として否定され、仕事を奪われた。傷ついたしたくさん泣いた。でも今の苦しみとは違う。

あの時は悲しみや苦しみがあったが、やっと夫と離れられてホッとしたという前向きな気持ちだった。

でも今はどうだろう。心から好きだって思った相手に裏切られていた。心が引き裂かれるような痛みにどうにかなってしまいそうだ。

結局私は、近くの公園の入口で立ち止まってしまった。

打ちつける雨が、どんどん体を冷やしていく。

心も体も停止してしまって動けない。

「伊都！」

名前を呼ばれて振り返った。

傘を差した恭弥さんが、こちらに駆けてくる。

逃げなきゃ。

反射的に体が動き出した。でも冷え切った体は私の思うように動いてくれなくて、その場で無様に転んでしまう。

「伊都！　大丈夫か？」

傘を投げ捨てた彼にあっけなく追いつかれた。なにをしてもダメな自分に嫌気がさして立ち上がれない。

「立てるか」

私は首を左右に振る。

「でも、大丈夫なので」

顔を上げると、雨に打たれる恭弥さんが眉間にしわを寄せて私を見ていた。

「伊都」

彼が私に触れようとした瞬間。

「触らないで！」

自分でも驚くほど大きな声が出た。

ハッとして我に返り、彼を見ると苦しそうな顔をしていた。

「ごめんなさい。ほら、私汚いから」

なんとか笑ってごまかそうとした。

「こんな時まで、笑わないでいい」

彼の言葉に私の中のなにかがプツンと切れた。

「だって……笑ってなければ壊れそうなの。ねぇ、どうして！　どうして……」

私は彼に縋りついて声をあげて泣いた。

「……見たんだな、調査書を」

私は泣きながら頷く。

「ちゃんと説明するから、部屋に戻ろう」

私は首を左右に振って行かないと伝える。

「私は……環さんを騙したりしない。彼女は私にとって大切な人なの」

「わかってる」

「わかってる？　だったらどうして調査なんかしたの？　いつまでマネージャーで通

すつもりだったの？」

「伊都、それは——」

私は顔を上げて彼の顔をはっきりと見て伝えた。

「もう、私の〝好き〟を利用しないで」

ボロボロと涙があふれた。

胸が痛くて張り裂けそうだ。泣きすぎて呼吸が苦しくて、どうにかなってしまいそうだ。

「伊都、悪かった。俺が全部悪い」

彼は汚れた私の体を、思い切り抱きしめる。

「離……して。もう誰にも踏みにじられたくない」

もう一度恋をしようと思った。でもこの結果だ。もう誰も信じたくない。

「絶対にやめない。どんなに無様でもみっともなくても、伊都が話を聞いてくれるまで俺は君を離さない」

「恭弥さん……」

彼の腕は痛いほど強く私を抱きしめている。

「伊都、好きなんだ。君がもう俺を信用できないって言うなら仕方ない。でも俺は絶対あきらめない。だからもう一度俺の話を聞いてほしい」

「どうして……」

じゃあなぜあんなことをしたの？

そう聞きたかったのに、体に力が入らず目の前がかすんできた。

「伊都、しっかりしろ、伊都！」

彼が私を抱き上げた。瞼を薄く開くと、唇を噛み悲痛な面持ちの恭弥さんが見える。

そして私の記憶はそこで途切れた。


目を開けたら、恭弥さんがこちらを覗いていた。

「伊都……大丈夫か？」

私は瞬きだけして、今の状況を把握しようとした。でも頭がぼーっとしてできない。

「公園で倒れたんだ。ここは俺の部屋」

ああ、そうだった。飛び出して雨に降られて……。

思い出すとまた胸の痛みがぶり返してきて、そっと手で押さえる。

「さっき医師が来て診察してもらった。少し疲れがたまっているようだから、ゆっくり休めば大丈夫だろうって」

そういえばここ最近、目まぐるしい変化と、仕事量の増加でいつもよりも睡眠時間が短い日が続いていた。今朝も顔色があまりよくなかったのを今さら思い出す。

心配そうに私の顔を覗き込んでいる彼。彼の顔にも疲れの色がにじんでいた。

「恭弥……さん、大丈夫ですか」

自分が雨の中うろついたせいで、彼に迷惑をかけてしまった。

ショックだったからって、後先考えずに行動した自分に非がある。

「俺の心配はしなくていい。とにかく元気になって」

彼が私の手を取って、両手でギュッと握った。

そしてそれを額にあてて、絞り出すように言った。

「傷つけてすまない。でも俺から離れないでくれ」

彼の手の温もり、切実な声。嘘をついているとは思えない。

聞きたいことも言いたいこともたくさんある。

あんなにショックだったのに、私はやっぱり彼が好きなんだ。その証拠に今こうやって握られている手を振りほどけない。

私の中での彼の存在が大きすぎる。

だから逃げないで、彼と話をしよう。

傷つくのはそれからでも遅くない。

「びっくりして、勝手に飛び出してすみませんでした」

「無理もないだろう。こんなものを見たんだからな」

彼はベッドサイドに置いてあった、私に関する調査書をちらっと見た。

「話を聞かせてください」

だんだんと思考がはっきりしてきた。

「……今はゆっくり休んだ方がいいんじゃないのか？」

彼は心配そうに私の顔を覗き込んだ。

「でも、はっきりさせておきたいから」

目が覚めてしまった。このままだときっと気になって、ゆっくり休めないだろう。

「わかった。体がつらくなったら、すぐに言うんだ。いいな？」

「はい」

頷くと、彼はゆっくりと座らせてくれた。ギュッと私の手を握り、様子を見ながら、話を始めた。

「川渕環は間違いなく俺の祖母だ。死んだ祖父の後妻で祖父亡き後、旧姓に戻しているから苗字が違う」

環さんから聞いた話と一致する。彼女は、血は繋がってないけれど大切な孫がいると言っていた。

「日頃から気にはかけていたんだが、以前祖母が詐欺被害に遭いそうになったんだ。幸い未遂に終わったけれど、一度あの手のやつらに目をつけられたら、次々と詐欺師がやってくる」

「確かそんな話を聞いたことがあります」

そういう犯罪者集団のネットワークがあるらしい。

「本当は本宅に住んでほしいんだけど、あの人頑固だから」

確かにはっきりと自分の意見を言う人だ。

私が頷くと彼は少しだけ表情を緩めた。

「セキュリティは強化したけれどそれだけでは心配で。それで祖母に近付く人を定期的に調べるようにした」

「その対象に私がなったんですね」

「そうだ。理由があったにせよ、気分が悪いよな。すまない」

私は環さんの環境や恭弥さんの気持ちもわかるので、否定も肯定もできずにあいまいに頷くしかできない。

「君については調査書の情報で知っていた。だがあの日カフェラウンジで見かけた時に、自分自身でどんな人なのか知ろうとした」

「だから……マネージャーだなんて嘘ついたんですね」

「それは……言い訳に聞こえるかもしれないけれど、あれは俺の仕事のやり方なんだ。世界中どこのホテルでも現場を見るためにマネージャーとしてフロアに立つのは。経営がうまくいっているかどうかは、数字も大切だが肌で感じるのが一番だから」

彼の言い分は納得できる。フロアに出ていた彼の接客態度は完璧で、普段から顧客と直接関わっているというのがよくわかった。

「でも実際には単なるマネージャーではないのだから、嘘をついたことになる。全部俺が悪い」

彼は苦しそうに前髪をかき上げた。

誤解のないように私の反応を見ながら言葉を選び、話してくれている。

「祖母からいい子だって聞いていたけど、信用できなかった。うまい詐欺師ほど人に信用されるから。それに……俺自身がなんでもビジネスライクに考える人間だから、人の親切に裏があると思っていた」

ありとあらゆる可能性を考慮したのだろう。

「最初は、ワンピースを与えて、過剰なもてなしをして、食事にでも誘えば……なにか尻尾が掴めるかもしれないと思った」

彼は申し訳なく思ったのか、私から視線をはずした。

「でも伊都はずっと遠慮していて、食事に誘っても全然なびかなかった。そんな君に俺自身が興味を持ったんだ」

「どうして、たったそれだけで？」

私には理解できなかった。どこにそんな興味を引く要素があるのだろうかと。

「人に親切で、欲を持たず、話をしているとすぐに時間が経った。その半面いつもどこか自信なさげで。気が付けばもっと知りたいと思っていた」

彼がこれまで私に対してどういう気持ちだったのかがよくわかる。黙ったまま彼の話の続きを聞いた。

「そうなったらもうダメだよな。どうしても伊都が欲しくなってしまって、年甲斐もなくあの手この手を使った。やっと伊都の気持ちが俺に向いたってわかった時は本当にうれしくて、でも……」

彼はそこで言葉を区切った。

「それと同時に罪悪感を抱いた。今日までちゃんと話ができなかったのは、怖かったからだ」

「怖い？」

「あぁ。伊都がどう思うのか。悲しむだろうな、怒るだろうな、最悪の場合、俺から離れてしまうだろうなって」

彼が自虐気味に笑う。その態度から彼の後悔が伝わってくる。

「傷ついた過去があるのを知っているのに、自分もまた伊都を傷つけるんだと思うとどうやって切り出してどうやって話をすればいいのか悩んだ。ただいつまでも黙っているわけにはいかないから、今日あの書類を見せて話をするつもりだったんだ」

私にとって恭弥さんはなんでもスマートにこなす完璧な人に見えていた。そんな彼も私と同じように、考え悩んでいたなんて。

「確かに調査書を見た時は逃げ出したし、その想像は間違いではないです。ショックでした。でもそれは私があなたを好きだから感じる痛みだって気が付いたんです。だからちゃんと話を聞かなきゃいけないって」

「俺の言葉を信じてくれるか？」

私はゆっくりと頷いた。

「だって、私がお祖母様の財産を狙っていないって、早い段階で理解できていたなら、別にわざわざ付き合う必要はなかったでしょう？　恭弥さんだったら適当にあしらえたはずです」

「まあ、そう言われると困るんだが、そうだな」

彼は困ったように頷いた。

「確かに最初は祖母のために、君と接触した。それは否定しない。でも伊都と直接話をしてから、君という人にどんどん興味が湧いたんだ。きっと好きになったのは、俺の方が先だ。だから君の〝好き〟を利用しようだなんて思ったことは一度もない。君から向けられるまっすぐな気持ちを利用なんてできるわけない」

彼はきっぱりと言い切った。

「俺は今なお、伊都の好きが欲しくてたまらないよ」

彼はより強く私の手を握った。

「恭弥さんも不安だった？」

「あぁ、そうだ。伊都と過ごしたあの楽しい時間が、もう二度とこないと思うと耐えられそうにない。伊都は？」

ショックも受けたし傷ついた。でも彼の話を聞いて拒否できない。

「私も同じ気持ちです。でもいきなりグランドオクトホテルの社長だなんて聞いて、私なんかとどうして?って考えてどんどん不安になってしまって」

　自分の気持ちを正直に吐露する。

「伊都がそう思うのも無理もない。俺は俺だからどんな仕事をしていても関係ないと安易に考えていた。悪かった。もっとちゃんと話をしておくべきだった」

　彼のひと言ひと言に後悔と謝罪の気持ちがこもっているのが伝わってきた。

「出会いを間違えてしまったけれど、これから先は間違えない。誓うから」

　彼は私の目をまっすぐ見つめた。

「だから、これからも俺のそばにいてほしい」

「はい」

　考えるよりも先に返事をしていた。

　そして今の私の気持ちを伝える。

「私ずっと、過去に自分が傷ついて臆病になったり疑心暗鬼になったり、全部離婚の時のトラウマのせいにしていました」

「それは仕方がないだろう」

　彼はそう言ったけれど、私は左右に首を振る。

「傷ついたまま立ち上がれなかったのは自分が弱かったから。でも恭弥さんとちゃんと向き合いたい。これから変わりたいんです。だから……よろしくお願いします」

「伊都」

私を抱きしめた彼。いつもよりも優しくでもしっかりと抱きしめられた彼の腕の中で、私はやっぱり彼が好きなのだと確信する。

それから彼は私にきちんと自分の話を、彼の言葉で話してくれた。現在はグランドオクトホテルの社長であり、いずれは八神ホールディングスを背負って立つのだと。それと同時にきちんと私に話をしていなかったことをもう一度謝罪してくれた。

不安はあったけれど、彼と一緒に頑張りたいと思う。私の中にある彼への思いは引き返せないところまできている。それならば彼と一緒に前に進みたい。

話をしながら彼の手が優しく私を撫でる。彼の温かさに気持ちが緩むと眠気に襲われた。

ゆっくりと目を開いた私は見慣れない部屋に一瞬驚いた。

あ……そうだった。

昨日は彼の話を聞きながら眠ってしまった。もっと話をしたかったのに、いろいろな心配事が解消されて安心しきったようだ。

体を起こして気が付いた。私がここで眠ったのならば、恭弥さんはどこで休んだんだろうか。

カーテンの隙間から差し込む光で、朝になっているとわかる。慌ててベッドから降りて、リビングに向かう。

すると彼は、部屋着のままパソコンを開いていた。

「恭弥さん」

「伊都、起き上がって大丈夫なのか？」

近寄っていった私の頬に手を当てて、顔色を確認している。

「はい。あのすみません、ベッドを使ってしまって」

「倒れたんだからあたりまえだろう。気分がいいなら食事の用意をしよう」

立ち上がりかけた彼を止める。

「私がしますから」

「ダメだ。いいから伊都は座っていなさい」

普段は優しいものの言い方をする彼に強く言われたら、素直に聞くしかない。

「伊都、コーヒーは？」

「好きです。いただきます」

私の返事に頷いた彼はカウンターキッチンに立ち、慣れた手つきでエスプレッソマシンを操作している。

「カフェラテにする？」

「うれしいです！」

ダイニングに座って彼の動きを目で追う。

かいがいしく世話を焼かれ慣れていないので、少しそわそわしてしまう。

「お待たせ」

「ありがとうございます」

ふわふわのミルクフォームののったカフェラテ。口をつけるとほんのりとした甘さが起きぬけの体に染みわたる。

「美味しい」

ホッとため息とともに感想が漏れた。

「よかった。食事までゆっくり飲んで」

彼が私の頬をひと撫でして、キッチンに戻った。

まるでどこかの国の王族かのような気品のある微笑み。朝から眩しい。

そんな彼がキッチンに立つ姿は、所帯じみたなんて言葉とは無縁だ。

無駄のない動き、真剣なまなざし。

私は料理をしている男性がこんなにカッコいいのだと、キッチンに立つ彼の姿を見て初めて知った。

しばらくして、目の前に並んだのは、ご飯にタラの西京漬け、お豆腐とネギのお味噌汁。それに白菜の浅漬けと小さな梅干しが添えてあった。

「食べられないものはないって言っていたから、適当に作ったけどどうかな？」

「すごく美味しそう。これで適当なんて言われたら、私、恭弥さんに食事を作れないです」

下手でもうまくもない。自分だけが食べるので、いつも味つけの匙加減はその日の気分だ。

「それは困ったな。伊都の作る料理に興味があったのに。さぁ、冷める前に食べよう」

彼に促されて、手を合わせていただく。

まずはお味噌汁からひと口飲む。出汁の深い味わいが口の中に広がった。

「これって、いりこですか？」

「そう、よくわかったね」

「環さんの作るお味噌汁も、お出汁がいりこなんです」

彼女の家で出てくるものと、味が似ている。

「なるほどね。確かにこれは祖母の味だ」

こんなところで、彼と環さんが親族だと実感するなんて、なんだか不思議だ。

それから彼の作ってくれた朝食をしっかりいただいて、食後に彼の淹れてくれた紅茶を飲む。

本当にいたれりつくせりだ。

お互いリラックスした雰囲気になると彼がゆっくりと口を開いた。

「ある日、祖母からもう紅茶を届けなくてもいいって言われて、理由を聞いたら友達が買ってきてくれるからと。これはちょっと怪しいと思ったのがきっかけで伊都を調べたんだ」

なるほど、それまでは恭弥さんが仕事の合間を見て、紅茶を届けていたようだ。

だが環さんも仕事が忙しい恭弥さんにわざわざ持ってきてもらうのを悪いと思って、時々自分で買いに出ていた。そして鼻緒が切れて困っている時に私と出会ったのだ。

「確かに、知らない人が家に出入りしていると聞くと驚きますよね。ましてや歳もかなり違うし」

冷静になれば、彼の行動も理解できる。しかも環さんは資産家だ。

「気分のいい話ではないのに、そうやってこちらの立場を慮《おもんぱか》ってくれる。俺は伊都のそういうところを知って好きになっていったんだ」

　突然言われて恥ずかしくて、うつむいてしまった。

「ただ、正式に付き合う前に、ちゃんと話しておくべきだった。俺がフェアじゃないやり方をしたせいで、伊都を悩ませてしまった。すまない」

　もう一度彼の心からの謝罪を受け、私も今の気持ちを伝えた。

「私も自分から聞くチャンスはいくらでもあったんです。でも今の関係が壊れるのが嫌で、聞けなかった」

　お互いを思い合っているのに、だからこそうまくいかない。感情のすれ違いと、私が調査書を見つけてしまったというアクシデントが重なり、結果部屋を飛び出すことになってしまった。

「本当は伊都の前ではなにもかも完璧でいたいと思っているのに、こんな形で傷つけるなんて、俺もまだまだだな」

「それは……私がいつまでも過去に囚われていたのも原因だと思います。自分の心にある負の感情に縛られている部分を、今ならちゃんと過去にできると思うんです。恭弥さんと一緒なら」

「そうだな、伊都はもうひとりじゃない。伊都を守るくらいの力はある」

彼の言葉に勇気づけられる。

「私は今はなにもできませんが、いつかは恭弥さんの役に立ちたいと思っています」

ここで私の決心を聞いてもらい、自分の愛を伝えたつもりだ。

「そんなに頑張らなくても、すでに役に立っているし、すぐに俺を幸せにできる」

「すぐに？」

今の私にできることってなんだろう？

「お皿洗いとかですか？」

真剣に考えて出した答えだったが……。

「え？　あはは、お皿洗いな！」

彼が突然声をあげて笑い出す。

「ち、違いましたか？」

やっぱり違ったらしい。自分でもこれはないなと思っていたけれど。

「いや、もう伊都が存在しているだけで、俺は幸せなんだって思えるよ」

「そんな、大袈裟な」

私の言葉を聞いた彼が立ち上がり、私の手を引いた。

そしてそのままソファに私を座らせると、彼も隣に座る。

「さっきはすごく悩んで答えを出していたけれど、俺を幸せにするのは簡単だ」

彼が私の顎に手をかけた。

「伊都のキスひとつで満たされるんだ。だから――」

彼が言葉を紡いだのはそれまでだった。

私は目をつむり彼の唇を受け入れる。

そっと重なる唇から伝わる熱。優しいキスがだんだん深くなっていく。息継ぎをするために薄く開いた唇から、彼の舌が差し込まれる。

「んっ……」

鼻に抜ける声が漏れ、余計に体の熱が増す。

お互いにより深く相手を求めるキスに夢中になる。

ぼーっとしていると、視線の先の壁時計が目に入る。

「えっ！」

思わず彼の胸を押して、距離を取った。

「どうした？」

私の突然の動きに彼は驚いている。

立ち上がって時計を指さしてみせる。

「恭弥さん、今日はお仕事に行くんですよね？」

帰国した日は仕事を休むと言っていた。しかし今日は仕事のはずだ。時計はまもなく十時になろうとしている。

「なんだ、そんなことか」

彼は小さく笑った。

「今日は伊都と過ごしたいから、休みにした」

「そんな……私は大丈夫なので行ってください」

慌てる私をよそに、彼はソファにもたれてゆったり座り直した。

「いや、本当は午後から出社する予定にしていたんだが、今の状況を秘書に話すとここ最近働きすぎだから伊都と一緒に休めってさ。だから今日は伊都とゆっくり過ごすって決めた」

「恭弥さん……」

「伊都は喜んでくれないのか？」

手を引かれて顔を覗き込まれた。

「喜んで……ます」

結果的に仕事の邪魔をしてしまった。でも彼と一緒に過ごせるのはとてもうれしい。

「それでいいんだ。休むのも仕事のうち。さあおいで」

彼は力を込めて手を引くと、私を膝の上に座らせた。

「伊都がいるってだけで最高の休みだ」

私も彼に手を回してギュッと抱きしめ返した。

「もし体調が大丈夫なら、今日は行きたいところがある。ついてきてくれるか？」

「はい」

私が即答すると彼は苦笑した。

「伊都はどこに行く？とか、なにをする？とか気にならない？」

言われてから考えてみた。

「そういうわけじゃないんですけど、恭弥さんと一緒ならどこでなにしても楽しいので。とくに聞かなかっただけです」

「またそんなかわいいことを言う。伊都は俺をどうしたいんだ？」

彼がそう言いながら抱きしめようとしてきたので、それをするりとかわす。

「さあ、準備しましょう！　時間がもったいないです」

「わかった。伊都を抱きしめるのはまた後にするか」

ちょっと残念そうな彼だったけれど、素直に従ってくれた。

シャワーを浴びた後、髪を乾かしてから、洋服を着ようとした。

昨日雨に濡れた後、彼がすぐにコンシェルジュに連絡してクリーニングを済ませてくれていた。

だからそれを着るつもりだったのに。

なぜだか目の前には、初めて恭弥さんと出会った日と同じ店の紙袋がある。

デジャブ？

いや、そんなはずない。でも私の服は彼によって持ち出されていて彼の用意した洋服を着るほかない。

取り出してみると、やっぱり素敵なデザインだ。チャコールグレーの秋らしいニット素材のカットソーと、マスタード色のふくらはぎくらまで隠れるフレアスカート。

ニットの袖口には小さなパールがついていて、アクセサリーがなくても十分華やかな印象を与えてくれる。

やっぱり……恭弥さんの選ぶ服は素敵。

鏡で確認してリビングに向かうと、彼が満足そうに頷いた。

「あの……どうですか？」

「あぁ、やっぱりよく似合うよ」

彼に言われてホッとする。誰よりも彼に褒めてほしいというちょっとした乙女心だ。

「もしかしたらまた『受け取れません！』って言われるかと思って身構えていたんだけど、今回は素直に着てくれてうれしいよ」

彼は機嫌よさげに笑っている。

「きっと断るなんてできないでしょう。だったらもう大人しく受け取ろうと思って」

「賢明な判断だ」

彼の前でくるっと回ってみせると、満足そうに頷いた。

「さて伊都がますますかわいくなったから、さっそく出かけようか」

「はい」

彼はすでに準備を済ませていた。薄手のクリーム色のニットに、ブラックデニム。ラフな格好にもかかわらず、彼自身から醸し出されるオーラのせいか上品に見えるのが不思議だ。

今日も完璧でカッコいい。

「せっかくだし、このまま行き先を言わないで行こうか」

「……はい。大丈夫ですけど」

「そろそろ冷え込んできたし、鍋でも食べたくない？」

「……はい？」

もしかしてヒントだろうか。しかし考えてもどこに行くのかわからない。

「きっと伊都も楽しめると思う」

そう言った彼が楽しそうにしていたので、私も一緒に笑って部屋を出た。


最初に寄ったのは、お団子屋さん、それからグランドオクト東京のカフェラウンジ。

ここまで来たらさすがの私も行き先がピンときた。

運転する彼に向かって尋ねる。

「環さんのところに伺うんですか？」

「正解」

「やっぱり行き先を聞いておけばよかった……」

これまでひとりで遊びに行っていた時とは違う。きっと彼は私をちゃんと紹介するつもりだ。

「嫌だった？」

「いえ、違います！　ただものすごく緊張するなって」

ここ最近、仕事が立て込んでいて環さんとじっくり話をする機会がなかった。先日仕事帰りにお茶を届けた時も、玄関先で少し話をした程度だったので恭弥さんについてはなにも話をしていない。

「祖母だよ？　俺より伊都の方が仲がいいのに」

「それとこれとはちょっと違うから……」

ごにょごにょと口ごもる。

「俺は伊都を彼女として紹介したいんだ。祖母は俺にとって大切な人だから、その祖母に俺の特別な人だって伝えたい」

「……うれしいです」

彼の本気が伝わってくる。

「私も環さんにはちゃんとお話をしておきたいです。私にとっては大切な友人なので」

どんな顔をするだろうか。まさか反対されるなんてことがあるのだろうか。

でもその時は心を尽くして説明すればわかってもらえるはず。

私たちは彼が懇意にしている日本料理店とスーパーに寄って、鍋の材料を準備してから環さんの家に向かった。

「環さん、入るよ」

恭弥さんは預かっている鍵で玄関を開けて、大きな声で中に呼びかけた。

「恭弥さん、環さんって呼んでいるの？」

「あぁ。祖父がそう呼んでいたから」

なるほど。

恭弥さんは環さんから返事もないのに、すでに靴を脱いで上がろうとしている。

「お祖母様と呼びなさいっていつも言っているでしょう？　あら――」

割烹着姿の環さんがキッチンの方から出てきて、私たちが並んでいる姿を見て驚いた顔をした。

「恭弥さん、もしかして私が同席するって伝えてないんですか？」

「あぁ。会えば一目瞭然だと思って」

最初驚いていた環さんはすぐに満面の笑みを浮かべる。

「あらあら、まぁまぁ」

言葉にならない声をあげているけれど、それでも喜びを表してくれているのは伝わってくる。

「もしかして、ふたり」

「そのもしかしてです」

私が言い切ると「素敵！」とその場で小さく飛び跳ねた。

「恭弥！ でかしたわ。赤飯を炊きましょう」

「大袈裟だよ。赤飯なんて――」

「あら、あなた彼女の好きなもの知らないの？」

環さんは子どもを叱るかのように、腰に手をあてて恭弥さんを叱責する。

「伊都、赤飯好きなの？」

「はい。それも環さんが炊いてくれるのが特別好きなんです」

これは知らなくても仕方ないと思う。

「ほら見なさい。伊都ちゃんとは私の方が付き合いが長いんだからね」

踏ん反り返るように胸を張る環さんを見て、こんなに歓迎されて私は幸せ者だと思った。

「伊都の好みはこれから知っていくよ。たとえばこのお団子とか」

買ってきた土産の包を渡す。

「あら、これあの時のみたらし団子」

「この俺が食事を断られたんだ。このみたらし団子のせいで」

「あら、まぁ。かわいそうに」

環さんはコロコロと鈴が鳴るように声をあげて笑った。

環さんの家に到着したのが、十六時前。

さすがにそこから赤飯を用意する時間はないから、今度来る時は前日から用意すると環さんは意気込んでいた。

私は環さんと一緒にキッチンに立って材料の準備をする。

ここに来る直前、日本料理店に立ち寄った恭弥さんが、そこでアンコウを仕入れた。

もちろん下処理も完璧にしてもらっている。

「あら、伊都ちゃんと一緒だからって随分奮発したのね」

風呂敷を開けると、切り分けられた白身が綺麗に並んでいた。

「食べるの楽しみですね。お野菜は適当に買ってきたんですけど」

「なんでも大丈夫じゃない？　それが家でお鍋をする醍醐味でしょう？」

「確かにそうかも」

環さんの妙に説得力のある言葉に私は頷く。

「楽しそうだな」

応接室で仕事の対応をしていた恭弥さんが覗きに来た。

それを環さんがたしなめる。

「ほら、邪魔しないの」

「でも恭弥さん、お料理すごく上手ですよ。多分私よりも何倍も役に立つと思います」

私の言葉に環さんは意外そうな顔をした。

「あら、私はまだ一度も孫の手料理なんて食べてないのに。好きな子には尽くすのは夫にそっくりだわ。やっぱり血は争えないわね」

からかわれた恭弥さんは、少しばつが悪そうだ。

「今度はお祖母様にもご馳走します」

「こんな時だけお祖母様なんて呼んで」

祖母と孫のやり取りを微笑ましく見る。

恭弥さんと一緒にいる時は私がからかわれるばかりだから、こんな風にちょっと戸惑っている彼が新鮮だ。

今の雰囲気から、恭弥さんが本当に環さんを大切に思っているのが伝わってくる。

だから祖母に近付く人物に対して調査をしたのは、不思議でもなんでもない。

そもそも私がちゃんと話を聞いていればよかったのだ。そこは本当に反省しないといけない。嫌なことから目を背ける癖はいつになったら治るのだろうか。

もう金輪際関わらないと思っていた良介が現れて、過去の負の感情に引きずられる機会が増えた。

「伊都、どうかした？」

私が黙ったままで考え込んでいたせいで、彼が心配して声をかけてきた。

「ううん。平気」

こうやって、私を気にかけて一緒にいてくれる彼がいるなら大丈夫。そう強く思える。

改めてこの温かい光景をいつまでも大切にしたいと思えた。


「またふたりでいらっしゃいね。伊都ちゃんはひとりでもいらしてね」

別れ際にギュッと手を握られて、私は「はい」と元気に返事をした。

時刻は二十一時前。明日は彼も私も仕事があるので、そろそろお暇することにした。

玄関で別れた後、恭弥さんはしっかりセキュリティが作動しているのを確認してから車に乗った。

ゆっくりと車が夜の街を走り出す。

昨日自宅を出た時は、まさか環さんに恭弥さんの彼女として顔を合わせるとは思ってもみなかった。

でも昨日よりもずっと、彼が好きっていうことを実感できる。

「帰したくない」

彼が囁く。なんという誘惑。

でも私はなんとかその誘惑に立ち向かう。

「ダメです。私、明日は仕事なので」

きっぱりと言い切ると「そうだよな」と彼はとりあえず納得しているようだ。

もちろん明日の仕事は気になるけれど、それよりも私が気にしているのは彼の体調だ。

出張から戻ってきて以降、ちゃんとした休息を取れていない。

今日も急遽仕事を休みにしたので、明日以降また激務だろう。

世界各国にあるグランドオクトホテル。それらを彼が束ねているのだ。並大抵ではない能力と努力の上に成り立っているのだろう。

私は知らなかったけれど、ビジネス誌には何度も取り上げられ、日本の若手経営者十人のうちのひとりに挙げられていると、環さんの話で知った。

私ひとりが独占していい相手じゃない。

デートが終わりに差しかかってきて、お互いになんとなく言葉数が少なくなっていく。

私はしんみりするとさようならしづらくなると思って、できるだけ明るい声で話しかけた。

「今日のお鍋美味しかったですね。アンコウってあんなに美味しいんですね」

「少し時季が早かったけど、目利きの大将が選んで下処理してくれたものだから、間違いなかったな」

運転する横顔が柔らかく微笑んでいる。彼の優しい笑顔が私の顔もほころばせる。

「やっぱりみんなで食べると美味しいですね。お鍋」

「そうだな。俺にとっては祖母の家で食べる特別な料理だ」

「ご自宅では？」

聞いてから少し後悔した。彼の育った家庭はみんなで鍋をつくような庶民的な夕食風景からかけ離れていそうだ。

「そもそも両親と食事をともにする機会は、ほとんどなかったからな」

「そう……だったんですか」

私は祖母がいたけれど、時々家でひとりで食べるごはんは味気なかった記憶がある。

それが彼は毎日だったのだろうか。

「なんで伊都がそんな悲しそうな顔をするんだ。今となっては両親の忙しさは理解している。でも自分はそうなりたいとは思っていないからな」

ちょうど自宅マンションの前に到着した。

「小さな思い出をたくさん語れるふたりになろうな」

「はい」

日常の出来事を大切にしていこうという彼の思いに、胸があったかくなった。

「じゃあ、そろそろ私――」

ドアを開けようと手をかける。一瞬彼が外を見て表情を険しくした。

どうかしたのかと振り返って背後を確認しようとした瞬間、彼が私の手を引っ張って抱きしめたのだ。

「やっぱり帰したくない」

「恭弥さん。でも……」

「今日だけでいいから、俺の言うことを聞いて」

真剣な目で乞われた私は、さっきなんとか頑張ってしていたやせ我慢を放棄する。

返事もせず私はシートベルトを締め直した。

それだけで彼には私の意志が十分伝わったようだ。

「ありがとう」

「いいえ、私も意地を張るのは限界だったみたいです」

時間が許す限り一緒にいたい。それは私の心からの彼への思いだ。

結局、彼の部屋に舞い戻ってしまった。自分はこれほど意志が弱かっただろうか。

エレベーター内で隣に立つ彼を見て、ドキドキと胸が高鳴る。

大好きな人に誘われて断れるはずなど、最初からなかったのだ。ただのやせ我慢はすぐに彼の誘いで打ち砕かれた。

自分がこんな風に夢中になれるなんて。そういう気持ちが自分の中に残っていてうれしく思う。

もう誰も好きになれないと思っていたのに。

「どうかした？」

あまりに見つめすぎていたから、彼は不思議に思ったのだろう。

「いいえ、勢いで来てしまったけどなにも用意がないなって。着替えくらい取ってくればよかった」

「それならすぐにコンシェルジュに届けさせる。明日職場に着ていけるような服も手配させておく」

「なにからなにまですみません」

本当に勢いだけでなにも考えていなかったと反省する。面倒をかけてしまったけれど今の状況から判断して彼に頼るしかない。

「考える隙を与えなかったのは俺だ。そのくらいはさせてほしい」

私が頷くと、ちょうどエレベーターが彼の部屋の階に到着した。

彼が部屋の扉を開けて中に入る。

「んっ……」

それと同時に唇を奪われた。

「はぁ、恭弥さん」

いきなりで少し拒否の態度を見せたが、彼はお構いなしだ。

私のわずかばかりの抵抗は、甘いキスにすぐに溶かされた。

「伊都、大袈裟でもなんでもなく俺は君を守りたい」

突然の彼の言葉に違和感を覚える。

「どうしたんですか？　急に」

私が首を傾げると、彼は優しく笑った。

「それだけ俺が君を好きだって覚えておいてほしい」

よくわからないけれど、頷いて笑ってみせた。

「どうか俺の腕の中だけで、笑っていてほしい」

そう言い切った彼が私を抱き上げた。

「恭弥さん」

ギュッと彼にしがみつく。

「今日俺は伊都のすべてをもらうつもりだ。ここに来たんだから、覚悟はできてるよな?」

彼の意図することが伝わって、私は頬に熱を集める。

「はい。あなたのものになりたいです」

素直な気持ちを伝えたら、彼への思いが強くなった。

この先なにが起きるかわからない。また涙を流す日が来るかもしれない。

それでも私はこの瞬間を後悔することはないだろう。

「うれしいよ、伊都」

気が付けば彼は寝室の扉を開けていた。そして私の額にキスを落とすと、ゆっくりとベッドに私を寝かせた。

彼の大きな手のひらが私の頬を包み込む。甘いまなざしで見つめられ、鼓動は速くなり体温は急上昇している。

ゆっくりと彼の顔が近付いてきた。

「あ、あの……せめてシャワーを」

土壇場に来てとっさに抵抗する言葉が出た。

嫌なわけじゃない。嫌じゃないけれど万全の態勢で臨みたいだけだ。

「後で一緒に入ろう」

「あの、でも――」

彼が私の手をベッドに縫いつけた。

そして覆いかぶさってくると、耳元で囁く。

「これ以上じらさないで。俺はあまり待てができる人間じゃない」

甘い甘い蜜のような彼の声に、羞恥心も理性もすぐにどこかに行ってしまった。

ベッドに寝かされた私の額に、彼がキスをしながら覆いかぶさってくる。彼が私を見つめる瞳の中に、いつもの愛情の中に混じった熱を感じる。

その熱が私に移ったのか、体の奥がじりじりと熱くなる気がした。

彼はこめかみにキスを落とした後、唇を耳元に近付ける。

「安心して。伊都の嫌がることはしないから。ただ素直に俺に愛されてほしい」

耳から流れ込む、少し掠れた声が、彼の興奮を私に伝えた。

大きな手のひらが頬に添えられ、わずかに顎が上を向く。ちょうどよいキスの角度を狙った彼の熱い唇が、私のそれに重なった。

「ん……はぁ」

最初から深いキスは、すぐに私の心と体に火をつける。ドキドキとうるさいくらいの心臓の音、キスの最中に彼の大きな手のひらが私の体の形を確かめるように移動する。触れられた箇所から着火したかのごとく、身体中が熱くなっていく。

舌を絡ませる深いキスを繰り返す。口元からあふれだした唾液を彼が逃さずに舌で拭う。その刺激すら私には強烈でくらくらする。

情熱の中を彷徨っているうちに、お互い一糸まとわぬ姿になった。素肌同士が重なると、安心と興奮が交ざり合い、彼の背中にしっかりと腕を回した。

「伊都、綺麗だよ。これが全部俺のものになるんだな」

彼が確認するかのように、私の素肌の上を撫でていく。恥ずかしさもあるが、彼のものになれる喜びの方が大きい。

唇や手のひらで触れられ、高まり続けた体は彼を受け入れたくて仕方なかった。彼にそれが伝わるように、視線でこの先をねだる。

「伊都、そんな目で見るな。優しくしたいのに、できなくなる」

はっ、と短い息を吐いて、彼が前髪をかき上げた。髪の間から覗く瞳は、いつもの穏やかなものではなく、獰猛さすら感じる。

「優しくしなくてもいいの。恭弥さんの思うまま、私をあなたのものにしてください」

「伊都」

繋がったふたりの体。お互いの昂った感情が、より快感を誘う。

熱のこもった吐息交じりの声。自分を呼ぶ甘い声に、心も体も溶かされていく。

「伊都、好きだ」

「うれしいです。恭弥さん。私も……あなたが、好き……です」

どうしても彼に伝えたかった言葉は、快感の波にさらわれ、途切れ途切れになってしまった。でも彼にはきちんと届いていて大きな深い愛を私にくれた。

甘くて、刺激的で、幸せで、情熱的で……どんな言葉で言い表していいのかわからない。でも彼と私がひとつになった。より深い繋がりに喜びがあふれて、長い時間をかけて彼と私はお互いの愛を伝え合った。

＊　＊　＊

「一緒に風呂に入ろうって言っていたんだけどな」

ぽつりと呟いたところで、彼女から返事があるわけはない。

上気したままの頬で無防備に眠る姿。

恥じらいつつも俺にすべてをさらけ出し、清廉なのに妖艶な、なんともアンバランスな誘惑を無意識にしていたさっきまでの彼女とは同一人物とは思えないくらい、あどけない寝顔をしている。

それでも肩口に俺自身がつけた所有印代わりのキスマークが、先ほどの彼女を思い出させて、また体が熱くなりそうになって慌てて頭を冷やした。

まさか彼女とこんな関係になるなんて、想像すらしていなかった。

最初は祖母に近付く、要注意人物という位置づけだったのに、気が付けば夢中になっていた。

おせっかいで、困っている人を放っておけないところ。

仕事にやりがいを持っているところ。

見返りなく相手に与えられる人間は、実はとても少ない。

金であったり、愛であったり、なんらかの要求がある人がほとんどだ。とくに俺のような厄介な家に生まれた者の周りには、有象無象が寄ってくる。

だからこそそんな彼女が気になったし、明るく笑顔を振りまく彼女の心の奥に普段は見せないトラウマを感じると放っておけなかった。

誰にでも手を差し伸べるのに、誰にも助けを求められない。

そんな不器用な彼女のそばにいたいと思った。

彼女の笑顔を脅かす者から守ってやりたい。

すぐに伊都の元夫で、現在の上司である谷口が思い浮かぶ。彼女の中にあるトラウマはその男によって植えつけられた。

結婚で縛って、仕事でもプライベートでも彼女をがんじがらめにした。

思考を放棄させ、束縛し、自分の思い通りになるようにし最後にはなにもかも奪って捨てた。

外道の極みのような男。

そんな男に、これから先わずかでも伊都が傷つけられてほしくない。

目の前におぞましい光景が思い浮かぶ。

伊都は気が付いていなかったが、先ほど彼女の自宅マンション前にいたのは間違いなく谷口だ。

伊都が自分の思い通りにならないと悟って、余計に彼女に執着している。

今はまだ大きな問題にはなっていないが、完全に彼女のストレスにはなっている。

自分と一緒にいない時も、伊都には笑っていてほしい。

そのためには早急に手を打たなくてはいけない。

ただ伊都はどう思うだろうか。

彼女はなにもできない子どもではない。しっかりと自分の意志を持つ女性だ。俺が一方的に解決してそれで満足するとは思えなかった。自分の中で納得して前に進みたいと思うに違いない。

そうなればいつの段階で、どのようにして解決するのがいいのか。タイミングが難しい。

完全に眠ってしまった彼女の頬にかかる髪をよけた。そこにキスをすると彼女がほんのり笑ったように見えた。

「好きだよ、伊都」

届かないとわかっていても、気持ちが口からこぼれ落ちた。

第五章　過去との決別

いつもと同じ、駅から職場への道。

また一週間が始まると思うと、仕事が嫌なわけではないけれど憂鬱な気持ちになる月曜日。

それなのに今日はなんだか周りが輝いて見えるのだから不思議なものだ。

恭弥さんの用意してくれたスーツはグレーに薄いピンクのピンストライプがほどこされたもので、カチッとしたスーツだけれど、どこか女らしさも感じられた。

上質な生地を使っているので体も動かしやすく、普段自分が着ているものと比べるのが申し訳なくなってしまうほどだ。

それになにより彼からのプレゼントだと思うとうれしくて、仕事に対しても前向きになれた。

完全に甘えてしまっているなと思う。

きっと彼は私を底なしに甘えさせるに違いない。

だけどそれではダメだ。しっかりと仕事をして、自分を見失わないようにしないと。

彼が好きになってくれた自分であり続け、もっと好きになってもらえるように努力し続ける。それを忘れないようにと心に留める。

まずは仕事を頑張ろう。ここのところいろいろあってうまくいかないことが続いていたけれど、それでも丁寧に自分の仕事をしていこう。

恭弥さんが買ってくれたスーツが私に力を与えてくれた。

少し遅い時間に出社したせいか、社内ではいつもよりも多くの人が働いていた。

「おはようございます」

私の声に気が付いた人たちが、次々に声をかけてくれる。

「佐久間さん、おはようございます。今日は珍しく遅めの出社ですね」

松本さんに声をかけられて「そうなの」とだけ返す。

すると彼女は顔を近付けてきた。

「週末、デートだったんですか?」

「え、いや……うん」

恥ずかしいけれど、嘘をつくのも違う。

そう思って素直に答えたら「いいなぁ」という羨望のまなざしを向けられた。

「だってそのスーツ新しいですよね。もしかして——」

「そう。彼がね、プレゼントしてくれたの」

恥ずかしいけれど、聞いてもらいたい。そんな乙女心を松本さんはうまく刺激してくる。

「はぁあああ、羨ましい。心底羨ましい。私も恋がしたい」

そう言いながら、自分の席に戻って仕事を再開させていた。

少しくらいは、いいよね。

あまりそわそわした気持ちを引きずらないようにして、仕事を始めた。

「そうだ、ここ大野君に確認しておかないと」

私はグランドオクトホテルの受注関連の書類の不備を確認しようと、大野君を探した。

いつも早めの出社だから、いるはずなんだけど。

予想通り彼はすでに出社してデスクに座っていた。

「大野君、おはよう」

「佐久間さん、おはようございます」

朝ごはんなのかサンドイッチを食べている。

「ごめんね、食事中に。すぐに終わるからちょっといい？」

「はい、どうぞ」

申し訳ないなと思いつつ、彼に書類について尋ねる。

「あ～それ間違いですね。やってしまった」

朝から肩を落とす彼を励ます。

「大丈夫、まだ間に合うし」

「佐久間さんが見つけてくれてよかったです」

ホッとした様子の彼は、大規模な仕事に手を焼いているようだ。でもここを乗り越えれば、一気に成長するはず。

「頑張って」

「はい。あの……でも」

彼がなにか言いづらそうにしている。

「どうかしたの？」

「その案件って、もう佐久間さん外れていますよね。それなのにまだ課長の仕事を手伝っているんですか？」

やっぱり気が付いていたんだ。あたりまえか。この案件に関する仕事は外れた後も私がやっている。良介はできたものを持っていくだけ。

「ちょっとお手伝いしているだけよ」

「ちょっとってレベルじゃないですよ。それに他の案件だって――」

彼はまだなにか言いたそうにしていたけれど、私はそれを遮った。

「あ、私電話しなきゃいけないんだった。じゃあ、ありがとう」

わざとらしく話を遮ったが、大野君がそれ以上追及してこなくてホッとした。

そろそろ手を打たなければいけないかもしれない。

先日松本さんにも言われた。『谷口課長の仕事を手伝いすぎでは?』と。

遠回しに彼女は言ったけれど、本来なら自分でやるべき経費の精算すら私がやっている。最初の一、二回は入社後すぐだったのでなんとも思わなかったみたいだが、あまりにも他の業務も私が肩代わりしているので不思議に思ったようだ。

私が大丈夫だと言うとそれ以上はなにも言わなかったけれど、この辺でやはりきちんとしておかなくてはいけない。

大丈夫。

職場のみんなも、恭弥さんもいる。ちゃんと勇気を出して話し合いをしなくては。

私はその日のコアタイムが終了して、人が少なくなった後、良介のところに行って、預かっていた仕事の報告とともに今後について話し合いを求めた。

「谷口課長、お時間よろしいですか？」

「お前、昨日はどこに行っていた？」

「え？」

突然なにを言い出したのかと驚き聞き返す。

「だから、どこに出かけていた？　ずっと家の前で待っていたんだぞ」

「い、いったいなにを言っているんですか？」

私は恐怖に声が震えてしまう。

ずっとって……そんなの普通じゃない。

「休日、さみしいだろうと思って訪ねたのに」

にやにやと笑う顔は、まるで悪気がないように見える。

その時ハッとする。恭弥さんが私を自宅マンション前に送った際、一瞬だけ険しい顔をした。

そしてその後、私を自分のマンションに連れて帰った。

それまでは送り届けてくれると言っていたにもかかわらず。

「き、気持ち悪いことしないでください」

耐えきれずに嫌悪感をあらわに声をあげた。

「なんだ、その態度は。俺たちが過去に愛を誓い合った仲だってみんなに話して聞かせようか？」

どうしてこんな男にいいように扱われなくてはいけないのだろうか。

私の人生は私のものだ。

それに今の私は、ひとりではない。たとえ良介が過去のどんな話をしようとも、私を信じてくれる人がいる。そして一緒に闘ってくれる。私には恭弥さんがついている。

そう思うと私の中の恐怖心が薄れていった。

覚悟を決めた私は、良介をにらみつけた。

「過去の話をしたいなら、すればいいじゃないですか。そんなもの脅しにもなりません」

「随分強気に出たものだ。昔は従順でかわいかったのに」

ぶるりと背中に悪寒が走る。

こんな人が夫だったなんて、自分の選択をここまで後悔する日が来るなんて思ってもみなかった。

「過去は過去。私とあなたは現在はただの上司と部下です。それと入社後手伝っていた仕事に関しては、現在お請けしているもので終わりにします」

「お前今、俺を上司だって言ったよな。上司の命令が聞けないのか？」

「それは」

「俺はお前に罰を下せる立場にいるんだ。それを忘れるな」

悔しいけれど、彼の言う通りだ。だからといって黙っていられない。

私が口を開こうとした瞬間、大野君が近付いてきた。

「どうかしたんですか？」

大野君がやってきた途端、怒りに満ちていた良介の顔が、普段の顔に戻る。

「少し業務改善について相談していただけだ」

「そうなんですね。確かに佐久間さん、課長の仕事たくさん手伝ってパンクしてましたもんね。よかったですね。少し業務が減って」

彼は今の状況をわかってわざと言っているのか、それともなにも知らずに発言しているのかどちらだろうか。

「あぁ。そうだ。ふたりとももう行きなさい」

彼がわかっているにせよ、わかっていないにせよ彼の登場で助けられた。

あのままなにか言い続けたとしても、きっと良介には響かないだろう。

「大野君ありがとうね」

「え、なんのことですか？　あー俺、谷口課長に聞きたいことがあったのに。まぁ、明日でいいか」

彼がいつもと変わらない様子でホッとする。

しかし、やっぱり良介は過去の件で私を脅してきた。

これまでは私がある程度従順にしていたから黙っているだけだった。

こうなったら……。

私はそのまま別の階にいる部長にアポイントを取り、面談を申し込んだ。


それから一週間後。

季節外れの人事異動の発令があった。

それに伴い私は、長年在籍した営業部から総務部の採用担当のセクションへ異動することが決定した。

実はあの後すぐに、部長にこれまでのいきさつと現在の良介の態度、両方について報告した。

知らなかったとはいえ、随分気まずい思いをさせたと、部長の責任ではないのに謝罪してくれた。

良介は厳重注意。もし今後もパワハラやセクハラに及ぶようならば、その時は謹慎処分に処すと約束してくれた。

それと同時に、部署異動の提案もあった。このまま営業部に残るかどうかを含めて数日検討した上で、異動を決意したのだ。

過去の良介とのことも、社内に公表した。もちろん積極的に言って回ったわけではないが、親しい人には今回こういういきさつになった理由をきちんと伝えたかったのだ。

すでに来年の採用活動はほぼ終わっている。ただ入社の手続きや、新入社員の教育などで総務部はこれから忙しくなる。

せっかくなので新しい部署に飛び込んで仕事をすると決心したのだ。

営業部勤務最終日には、大野君を始めたくさんの人がお別れの挨拶に来てくれた。

送別会をしたいという申し出は丁寧に断った。異動の原因が良介と私の過去にあり、参加する方も気まずいだろうと思ったからだ。それに会社を辞めるわけではない。これからも会おうと思えばいつでも会えるのだから。

その代わり大野君と松本さんがランチを奢ってくれると張り切っているので、それにはありがたく甘えさせてもらった。

近くのイタリアンはランチタイムも予約ができる。少し早めの時間に店へ入ったので、席はまだ半分ほどしか埋まっていなかった。

前菜プレートとメインの料理、それとデザートと飲み物がつくランチコースを頼み、さっそく職場では話しづらい内容を話した。

「ふたりとも、谷口課長と私が結婚していたことを隠していてごめんなさい」

部署内ではふたりとはよく話をしていた。たくさん助けてもらったし、逆に私が手伝ったりもした。

「言いづらいですよね。プライベートの話だし」

「仕方ないですよ」

ふたりとも理解を示してくれてホッとする。

「だからって今はもう他人なのに、佐久間さんをこき使って」

大野君が憤慨する。

「あら、妻でもこき使っちゃダメよ」

「あ、はい」

松本さんがたしなめているのを見て、きっと大野君のフォローもしてくれるだろうとホッとする。

「最初から異動を頼めばよかったのに営業課にこだわっちゃって」

私は苦笑いを浮かべながら、反省をこぼす。

「それは一生懸命仕事をしていたんだからあたりまえです」

松本さんの言葉に慰められる。

「谷口課長、私にはあんな態度だけど、前の会社でも他の人には普通だったから、怯える必要はないと思うよ。部長も厳重注意をしてくれたし」

「男って、別れた彼女がいつまでも自分を好きだと勘違いしてますよね」

「ま、松本さん？」

過去になにがあったのか気になるけれど、ここはあえて聞かないことにする。

「ちょうどいい時期だったのかもしれない。異動先の仕事もやりがいがありそうだし」

「それならいいですけど、俺は佐久間さんがいなくなると不安ですしさみしいです」

大野君の言葉に松本さんも頷いた。

「そんな風に言ってもらえると、うれしいな」

ちゃんと私のやってきたことが残っている。

「あまり役に立てなくてすみませんでした。八神さんに頼まれていたのに」

「え、八神さんってなにかあったの？」

大野君と恭弥さんに面識があるなんて初耳だ。

「あ……内緒だって言われたんだった！」

途端に大野君が気まずそうな顔をする。

「実はグランドオクトホテルに訪問している時に、話しかけられたんです。その時に佐久間さんになにかあったら力になってほしいって言われていたんですよ」

まさか彼がそんなお願いをしていたなんて。それも驚いたが、その後の大野君の発言にもっと驚いた。

「離れている間も心配されているなんて、愛されていますね」

「そんなことを……ごめんね、なんか気を使わせて」

恥ずかしくて顔が赤くなったのが自分でもわかる。耳の先まで熱い。

大野君と松本さんは、一緒に部長のヒアリングを受けて私の状況を説明してくれている。このふたりには本当に世話になった。

「みんなと一緒に仕事ができて楽しかった。社内にはいるからまた食事に行こうね」

いいタイミングで食事が運ばれてきた。そこからは普段と変わらないやり取りをしながら楽しいランチの時間を過ごした。

セキュリティを解除すると、コンシェルジュの「おかえりなさいませ」の声に会釈で返す。

エレベーターを降りて、カードキーをかざし解錠して中に入ると、人感センサーが反応してパッと室内が明るくなった。

さすがに半月も繰り返していたので慣れたものだ。

私と恭弥さんは、一緒に暮らしはじめた。

お互いに忙しいので、少しでも一緒にいたいからと彼に言われて、私はすぐに頷いた。表立っての理由はそういうことだけれど、良介がまた自宅に押しかけてくるかもしれないと考慮してのことだ。

会社で処分が下されたものの、それで彼の行動が治まるかどうかわからなかったからだ。

恭弥さんは明確には口にはしなかったけれど、私をすごく心配している。だから私も彼の同棲の申し出に対しすぐにOKしたのだ。

買い物してきたものをキッチンカウンターに出し、いくつかは冷蔵庫にしまった。

今日は早く帰れるって言っていたから、ごはんを用意して待とう。

メニューはおろしハンバーグに大学芋、ピーマンと人参のきんぴら、なすと油揚げの味噌汁だ。

材料はばっちり。彼が帰ってくるまで時間もある。

私はスーツを脱いで部屋着に着替えるとエプロンをつけてキッチンに立った。

最初にお米を炊飯器にセットする。その後は副菜を先に作る。

彼の帰宅は二十時半くらいだと言っていたし、それには十分間に合いそうだ。

好き嫌いはないので、献立は困らないが、味つけは気に入ってくれるかなと少し心配になる。

ハンバーグは大きめのをふたつ。大根おろしはたっぷり盛りつける。

お味噌汁は、いりこを使って彼の好きな味にする。

こうやって彼のために作る料理は楽しい。

そうこうしていると玄関のドアが開く音と同時に「ただいま」と彼の声が聞こえた。

迎えに出て彼の顔を見るとそれだけでうれしくなる。

「おかえりなさい」

外の冷たい空気をまとった彼が、私を抱き寄せて頬にキスをした。帰宅後のいつものルーティンになりつつある。

「伊都が家で待っていると思うと、仕事が早く片付く。秘書の京本も大喜びだ」

「役に立ててるのならよかった。急にお世話になることになったから、迷惑じゃないかなって」

「迷惑なんかじゃない。その証拠にホテルに泊まる回数がすごく減った」

仕事が立て込んでくると、恭弥さんはホテルに滞在して体を休めることが多かったようだ。しかし今では、少しでも時間があるとここに帰ってきてくれる。

毎日がとても楽しくて充実しているのは間違いなく彼のおかげだ。

彼が着替えに行っている間に、料理を仕上げてトレイごと運ぶ。

タイミングよく出てきた彼と一緒に席に着くと、手を合わせて食べはじめた。

「うまい」

ひと言呟いた後、無心で箸を口に運んでいる。その姿を見てお世辞ではないとわかりホッとする。

箸のペースが落ち着いた頃合いを見計らって、私は昼間聞いた話を彼にする。

「恭弥さん、大野君に『なにかあったら力になってほしい』って言ってくれたんですね」

「ごほっ……」

「だ、大丈夫ですか?」

私の言葉を聞くと同時に彼が食べていたものをのどに詰まらせてしまう。

慌てて水の入ったグラスを差し出した。

受け取った彼は、ごくごくと飲み干していく。

「伊都には秘密にしておくようにと言ったはずだが」

彼はうつむいて少し恥ずかしそうにしている。

「離れている間も私を心配してくれるなんて、ありがとうございます」

「いや、たまたま打ち合わせに来てるって聞いたから。ちょっと話をしただけだ」

言い訳のように言っているが、そもそも恭弥さんがシステム部に出向く機会はそうないはずだ。だからわざわざ話をしに行ってくれたに違いない。

「それを聞いて、恭弥さんがそばにいなくても、ちゃんと守ってもらえているんだって心強く感じました。ありがとうございます」

私は頭を下げて感謝を伝えた。

「過保護すぎると笑うか？」

「いいえ、逆にうれしくて今日はいつもよりも早く会いたかったです」

自分で言って恥ずかしくなって急いで箸を動かした。

「そうか、ならよかった。お礼は後でちゃんといただくから気にしないでいい」

「え？」

驚いて顔を上げた私が見たのは、なにか企んでいるであろう彼の笑みだった。

そしてその後、彼にたっぷり愛されたのは言うまでもない。


十一月の頭に総務部に異動をしてからひと月。まだまだ仕事に慣れない毎日だけれど、新しい仕事を吸収するのは楽しい。

新入社員の教育が主な仕事となる。それは大野君たち後輩を現場で補佐していた時の経験が生かされるものだった。

良介とはフロアも離れ、顔を見る機会もほとんどなくなった。そのおかげか精神的には随分落ち着いてきたように思う。

それに加えて、恭弥さんがそばにいてくれる。その存在がなによりも私を元気にしてくれた。

彼から与えられる愛情が自分の精神的な支えになっているのは確かだ。

彼にふさわしい人物になるように、仕事もプライベートも精いっぱい頑張っていた。

そんな充実した毎日を恭弥さんとともに送っていると、あっという間に時間が経ち、カレンダーは十二月になっていた。

年末年始はクリスマスや長期休暇があり、少しばかり仕事が忙しくなる。これまでならそれくらいしか頭になかったが、若き経営者の彼にとっては、大切な社交の時季でもあった。

世界中のあちこちで開催されるパーティに顔を出し、その間に大事な商談を組み込むという、聞いているだけでも疲れてしまうハードスケジュールをこなしていた。

そんな折、グランドオクトホテルでも取引先の企業や親族、政治家や経済界の重鎮を集めたパーティが開かれることになった。

最初私は「大変そう。恭弥さん頑張って」なんて思っていたのだけれど、どうやら自分も参加しなくてはいけないとわかって慌てた。もちろん取引先の一員ではなく、恭弥さんのパートナーとしてだ。

そしてなにより彼が、驚くべきことを言う。

「この機会に両親に伊都を紹介したい」と。

いつかは来ると思っていた。しかしそれはまだまだ先だと思っていたのに。

でも彼にパートナーとして参加してほしいと言われたら、断りたくはない。

覚悟を決めたはいいけれど、どういう服装でどういった振る舞いをすればいいかわからない。

恭弥さんに聞いたところで、服装だけそれなりにしていたら大丈夫だからと言われて、参考にならない。

迷った私が頼ったのは、環さんだった。

泣きついた私と、俄然やる気を見せた環さんは、彼女の懇意にしている呉服屋を訪ねた。

既製品のドレスでも問題はないが、人数の多いパーティで同じ洋服を着ている人がいたら気まずい。その点最近は着物を着る人が少ないので、かぶる心配もほとんどないし場が華やかになる。

グランドオクトホテルのパーティとなれば海外からいらっしゃる方も多く、着物が喜ばれるのだ。

「最近の洋服の流行りはわからないけれど、着物の良し悪しは任せてちょうだいな」

すごく頼もしい味方を得て少しホッとした。

環さんとともに店内に入るとすぐに年配の女性が現れた。従業員の態度からこの店を取り仕切っている女将であろうと想像する。

「八神の大奥様、いらっしゃいませ」

深々と頭を下げた女将に、環さんは「随分ご無沙汰でした」とたおやかに微笑んだ。

あぁ、環さんもやはり八神家の人間なのだと思い知る。ご自身は自分は後妻だからと言うけれど、こうやって見れば威厳に満ちたたたずまいは世間一般のおばあちゃんとは、やはり違う。

「この子に似合うのを一緒に選んでちょうだい。そうね、あまり仰々しいのはこの子も恭弥も嫌うだろうから……あら、あれ素敵ね。あら、あちらもいいわ」

なんだかいつもより元気な環さんを見てホッとする。

こんなお願いは迷惑かと少し思っていたから。

「ほら、伊都ちゃんのお着物なんだから、自分でも見て」

「でもよくわからなくて」

着物には種類がたくさんあるのだろう。それに柄、色、どういう意味合いの会合なのかによっても選ぶものが変わってくると、調べたら書いてあった。

完全にお手上げだ。付け焼刃でどうにかなるものではない。

「この店にあるものならどれを着ても平気よ。本当は反物から仕上げたいのだけど時間がないから、気に入ったのがあれば今後を考えてあつらえておきましょうね」

「いえ、今回のがあれば――」

「そういうわけにはいかないの。着るもの一枚で夫の評価も変わってくるのよ。本当に面倒な世界よね」

〝夫〟という単語にどきりとした。

彼はパートナーという言い方をしたが、ご両親にも紹介したいと言われた。それは将来を見越しての話だろう。

「私……」

まだ覚悟ができていない。それが本音だ。

「怖がらせちゃったわね。ごめんね」

隣に座る環さんが私の手をギュッと握ってくれる。小さな手だけれど温かみを感じて、彼女の優しさが伝わってきた。

「恭弥の両親は放任主義で恭弥のやることには口を出さないわ。むしろやっと息子がパートナーを見つけてホッとしているはず」

「でも相手が私では——」

「恭弥があなたがいいって言ってるんだから、誰にも口を出す権利はないわ。ただごく一部、面倒なことを言ってくる人たちもいる。私も最初は苦労したわ。後妻だったし」

当時を思い出す環さんは視線を足元に向けている。

「でも夫が守ってくれたわ。八神の男はそれができる。それに私が元気なうちは力になれるから相談しなさい。こんなおばあちゃんでも役に立つのよ」

「はい。よろしくお願いします」

私は恵まれている。こうやって助けてくれる環さんもいるし、恭弥さんだって間違いなく私を守ってくれる。

だから自分のできる範囲で努力をしていけばいい。

「私、頑張ります」

「じゃあ、さっそく選びましょう」

「はい」

環さんや呉服屋の女将さんのアドバイスを受けながら、なんとか選んだ。

「買ったものはホテルに直接届けてもらいましょう。当日の着付けやヘアメイクはグランドオクトの専属が素晴らしく仕上げてくれるから心配しないで」

「はい」

洋服ならまだしも和服は浴衣すらまともに着られない。今後を考えて着付けを習うのもいいかもしれない。自分で上手に着られなくても所作や扱いの勉強にはなるだろう。

「ささ、近くに美味しいケーキを出すお店があるの。行きましょう」

環さんに誘われて、元気に返事をした。慣れないことをして疲れていたので甘いものが食べたい。

「あ！　私、代金を払ってません」

なんという失態だ。慌てて引き返そうとする。

「大丈夫、それは恭弥の仕事だから」

「でも……」

「いいのよ。ほら早く行きましょう」

環さんに促されて、近くのパティスリーに向かう。

そこで恭弥さんに着物の代金についてメッセージを送ったけれど、もちろん一円だって払わせてもらえなかった。

せめてもと、環さんと一緒に食べたケーキの代金は払わせてもらった。


十二月の二週目の日曜日。私は人生で一番と言っていいほど緊張していた。

朝早くマンションに迎えに来たタクシーに乗って、グランドオクト東京へ向かう。

持ち物はなにも必要ないって言われたけど。

着物一式はすでにホテルに到着しているし、着付けの方もヘアメイクの方も手配済みと聞いていた。

タクシーの中で何度も深呼吸しても、まったく落ち着けない。

せめて彼の顔を見たら、少しくらいは気持ちが楽になるだろうか。

恭弥さんは今日の準備とその他の仕事が立て込み、ここ三日ほどホテルに寝泊まりしていたため、会いたかったけれど、声だけで我慢している。

おそらく当日の今日、私と一緒にいられる時間を確保するために仕事を詰め込んだのだろう。

申し訳ないなと思うと同時に、できるだけ私に時間も気持ちも割いてくれることがうれしい。

ドキドキしながらタクシーでグランドオクト東京に到着すると、車寄せのところで彼が私を待っていた。

隣に立っているドアマンが、すごく緊張しているのが伝わってくる。

それはそうだろう。いきなり社長が自分の隣に立ったらそうなってしまうに違いない。

「伊都、おはよう。眠くないか？」

「おはようございます、恭弥さん。あまり眠れなかったんですけど、気持ちが昂って目は冴えてます」

今眠るように言われても、きっと無理だろう。

「体調が悪くなったら、すぐに言うように」

「はい」

しっかり頷いた私を、彼が部屋に案内してくれる。

「あ、この部屋って」

「そう。俺と君が初めて会った日の部屋だ。普段から俺専用に確保してある」

だから急だったのに、こんな立派な部屋に通されたのかと今さら納得する。

「ヘアメイクが来るまでもう少し時間がある。座って落ち着いて」

彼はそのまま設置されているカウンターに向かうと、紅茶と新鮮なフルーツを持って戻ってきた。

そしてソファに座る私に、手ずから淹れてくれる。

「美味しい。ありがとうございます」

彼が淹れてくれる紅茶は、特別美味しい。

「好きなものを口にすると少しはリラックスできるだろう」

彼が私の隣に座って、顎に手をかけて上向かせた。

「少し目が赤い。本当に眠れなかったんだな」

彼は私の眦にキスをした。突然で驚いたけれど、緊張が少し解けた。

「このおまじないが効くといいけど」

「恭弥さんの顔を見てちょっと安心しました。なんとかなりそう」

ひとりだったさっきまでは、失敗したらどうしようと思っていたけれど、彼の顔を見たら頑張ろうという気になってきた。

「おまじないの効果はてきめんってところだな。じゃあ、もう一回」

彼はそう言うと私の唇にキスを落とした。

それから彼は緊張で食欲のない私に餌付けするかのごとく、用意していたフルーツを食べさせ、紅茶のおかわりを用意し、ホテルマンというよりは執事のように身の回りの世話をあれこれ焼いてくれた。

本当はこんなことをしている暇なんてないはずなのに。

「おかげで元気が出ました。ありがとうございます」

「いや、どうしても俺が今日のパートナーは伊都じゃないと嫌だったんだ。わがままに付き合わせているんだからこのくらいはさせて」

「私も、恭弥さんのパートナーが他の人だなんて嫌なので、頑張ります」

すると彼が驚いた表情を見せて、少し顔を背けた。

「伊都の独占欲とか、かわいすぎる」

彼が私の肩に手を回したかと思うと、唇がそっと重なった。

お互いの視線が絡み、微笑み合ってもう一度――。

――ピンポーン。

唇が重なる前に、チャイムの音が室内に響く。

一瞬恭弥さんの眉間にしわが寄ったけれど、彼はそのまま立ち上がった。

「キスはまた後で。俺のお姫様の変身の時間だ」

彼はすたすたと歩いて、ドアを開いた。

「本日はよろしくお願いします」

私の前に来たのは女性が三人。

「では、彼女をお願いしますね」

仕事用の笑みを浮かべた彼は私の方を見て小さく笑うと、外に出ていった。これから彼も最終のチェックをして着替えをするに違いない。

「今日はよろしくお願いします」

立ち上がって挨拶をすると、さっそく椅子に座らされてヘアメイクが始まった。

シートマスクで肌を整えている間に、ヘアセットが行われる。

あちこちを少しずつ編んだり巻いたりしながら綺麗にまとめていく。前髪とかんざしはメイクの後に最終的なバランスを見ながら整えるそうだ。

鏡の前に並ぶ数々のメイク道具を見て、普段自分がどれほど手を抜いているのかと反省する。

ファンデーションひとつをとっても何色も混ぜ合わせながら塗っていく。

プロの仕事はすごいと感心する。

私にできるのは、彼女たちに言われるまま、上を向いたり左右を向いたり、ヘアメイクしやすいようにするだけだ。

着物は私の母くらいの年齢の女性が着つけてくれた。

「少し苦しいかもしれませんけど我慢して」

「は……いっ」

こ、これで少し？

「だんだん慣れますからっ」

帯を締める方もかなり力を入れている。

環さんは日常もよく着物を着ている。それでいて普通に過ごしているなんて。次に会った時にコツを聞いておこう。

「もう少しですからね」

私の周りをあちこち動きながら、ミリ単位で修正していく。

プロの人の丁寧な仕事を近くで見られる機会はそうそうないので、興味深い。

環さんと一緒に選んだ着物は、落ち着いた留紺色の色留袖に冬らしく白い椿の花が描かれている。あくまで主催者側の人間なので、色味は控えめだが、年齢相応の華やかさもある。

帯には雪の柄が描かれており、全体を通して冬が感じられるものを選んだ。

「さあ、できましたよ」

言われて鏡に映る姿を見ると、いつものパッとしない私はそこにはいない。

普段よりも背筋が伸び、たたずまいが数段美しい。その上プロのヘアメイクでまるで別人のような仕上がりである。

「このかんざしは川渕様からお借りしたものです。髪に挿してよろしいですか？」

「え、環さんから？」

「はい。こちらを預かっています」

白い便箋には毛筆の美しい字が並んでいる。

【お守り代わりに使ってちょうだい】と書かれていた。

「うれしい……」

身なりが整っていくにつれて緊張が戻ってきていた。

でも恭弥さんや環さんの気遣いのおかげで、自分のできることをやろうと前向きになっている。

環さんに借りた真珠のかんざしを挿すと、気持ちもシャキッとした。

「頑張ろう」

気合を入れたと同時に、恭弥さんが私を迎えにくる。

「伊都、とっても素敵だ。着物もこんなに似合うなんて」

まじまじと見られて少し恥ずかしいけれど、褒めてもらってうれしい。

「環さんのおかげです。かなりお世話になりました」

「今度は俺と一緒に選ぼう。伊都が綺麗になるのを見るのが俺の最近の楽しみだ」

大袈裟に私を褒める言葉が恥ずかしくて、彼を軽くにらむ。それでもやっぱり好きな人にそう言ってもらえるのは女冥利に尽きると思うのだった。

グランドオクト東京のバンケットルームで一番大きな芙蓉の間の前では、すでに多くの人たちが集まり歓談していた。おそらく中もたくさんの人がいるに違いない。

私でも知っているような、政治家や経済界の重鎮があちこちで歓談している。途端に体が強張ったのを、隣にいる恭弥さんはすぐに気が付いた。

「手と足を一緒に出さないように」

「はい」

隣の彼は、こういう場に慣れているので余裕の笑みを浮かべ、周囲に軽く挨拶をしながら歩いている。

私は彼の半歩後ろを歩き、ほんのりと笑みを浮かべるだけで精いっぱいだった。

そのまま会場に入るのかと思いきや、通り過ぎて近くにある部屋に通された。

彼がノックをすると、すぐに返事があって中に入る。

「父さん、母さん。今お時間いいですか」

「もちろんよ。こちらにいらして」

にっこりと笑う女性を見てすぐに彼のお母様だとわかった。笑った時の目元がそっくりだ。

その隣に座るのはお父様だろう。そちらも柔らかく微笑んでくれている。それだけで少しホッとした。

「ふたりとも、こちらが佐久間伊都さん」

「伊都、父と母だ」

彼に紹介されて、緊張したままご挨拶をする。

「はじめまして。佐久間伊都です。恭弥さんには大変お世話になっております」

先ほど着付けの人から綺麗に見える挨拶の仕方を少し教えてもらった。すぐに使う場面があって、習っておいてよかったとホッとする。

「あら、噂通りかわいらしい人だわ。ね、あなた」

「ああ、そうだな」

噂というのが気になって彼の方を見る。

「環さんだろうな。きっと両親にあれこれ話したんだろう」

環さんと彼の両親は一緒に暮らしていなくても仲はいいらしい。

「恭弥は仕事ばかりしていて心配だったのだけど、やっと彼女ができてホッとしたわ」

彼のお母様はコロコロと笑っている。

「余計なことは言わなくていい」

彼は私にはあまり見せない不機嫌な顔になる。

「いつ紹介してくれるんだと、首を長くして待っていたんだよ。会えてうれしい」

お父様が立ち上がり手を差し出したので、慌てて近くに行きその手を握った。その後お母様とも握手をする。

ここできちんと話をしておくべき内容を口にする。

「ひとつ私の口からお伝えしたいことがあります。恭弥さんから聞いているかもしれませんが、過去に……結婚をしていたんです。そのことについてはご存じでしょうか?」

「聞いていますよ。その上で大賛成しているので心配しないで」

優しい言葉をもらって、目頭が熱くなる。一番気にしていたことなので、本当によかった。

目が潤み始めた私を見たお母様が、優しく言葉を重ねてくれる。

「今の素敵なあなたを見てたら、過去なんてまったく問題ないわ」

「ありがとうございます」

もっと他に言うべきことがあるはずなのに、続かない。

ご両親ふたりとも穏やかで、緊張は解けないままだったけれどホッとした。

「少々厄介な家だが、恭弥を支えてやってほしい」

「はい」

お父様の言葉に、私がしっかりと頷くとご両親は笑みを浮かべて頷いてくれた。

「さて、そろそろ行こうか」

「はい、あなた」

お父様がお母様をエスコートする。そして恭弥さんもまたその腕を私に差し出した。

そこにそっと手を重ねた。

「行こうか」

「はい」

ドキドキするけれど、それでもみんなの期待に応えたい。彼が望むのなら頑張ろうと思えた。

控室を出て会場に入ると先ほどよりもずっと人が増えていた。

開始時間まではまだまだ時間があるが、この時間もお互いのコミュニケーションの場としてお客様たちはあちこちで挨拶をしている。

人の多さに圧倒されながら、私はわずかに笑みを浮かべて恭弥さんとはぐれないようにしっかりと彼につかまる。

「そんなに力を入れなくても、俺は逃げないよ」

小声でからかわれたけれど、反応すらする余裕がない。

そんな私の背中を彼はそっとさすってくれた。

パーティは会長である恭弥さんのお父様の挨拶から始まった。

昨今の我が国の経済状況や、グランドオクトホテルの今後について集まった観客たちに聞かせていた。

会長の話は観客を惹きつけカリスマ性を感じさせるものだった。大きな拍手に会場が包まれた後は、乾杯の音頭に恭弥さんが指名される。

「行ってくるから」

言い残して登壇する彼を見て、普段とは違う感情が胸に渦巻く。

堂々と挨拶をし、時に笑いを交え周囲を沸かせる姿は会長にも引けを取らない。その姿に憧憬を抱くとともに誇らしく思う。

私の好きになった人はなんて素晴らしい人なんだろうと。

一緒にいることに慣れたわけではない。私なんかが、と何度も思う。だって彼はこんなに素敵なんだから。

彼に出会う前の私なら、きっと自ら距離を取って傷つかないようにしただろう。

でも今は彼と一緒にいたいと思う。決して私がひとりで強くなったわけではない。

彼がいたから、彼だから私は少し強くなれた。

「伊都」

「恭弥さん、あの……」

戻ってきた彼が「ん？」と言いながら私に耳を傾ける。

「すごくカッコよかったです」

彼にだけ聞こえるように伝えると、彼の表情がほころんだ。

「伊都が褒めてくれるなら、いくらでも働けそうだ」

見つめ合って笑った。

そこからは、私も彼の隣で〝彼のパートナーとして〟参加者のみなさまの注目を浴びる。

正直荷が重いという気持ちはずっとある。値踏みするような視線を向けられることもあった。それでも私は彼の隣で笑って過ごした。

「伊都、込み入った話になりそうだから、少し休憩しておいで」

「はい。では、失礼します」

彼の話し相手に頭を下げて、その場を辞した。

バンケットルームの中、他の人の邪魔にならないように端によけた。

誰にも聞かれないように小さく息を吐いて、肩の力を抜く。

「佐久間様」

「はいっ！」

急に声をかけられて、飛び上がるほど驚いた。振り向くと知らない男性が立っていたが、ネームプレートがあるのでホテルスタッフだとわかる。

「社長秘書の京本です」

「は、はじめまして。佐久間です」

恭弥さんの秘書なら私を知っていて当然だ。

「お飲み物をお持ちしました。どうぞ」

「いただきます」

のどがからからだったのでありがたい。

「お困りのことがありましたらおっしゃってください。社長からサポートするように言われておりますので」

「はい、よろしくお願いします。今のところは大丈夫なので」

「さようですか。では奥に控えております」

頭を下げて、くるりと踵を返すと去っていった。

そばにいなくてもいつでも守られている。彼はちゃんとそう思わせてくれる。

ホッとした私はのどを潤し、今のうちに化粧直しをしようと会場を出た。

会場近くのレストルームは案の定混雑していたので、ひとつ上の階に向かった。

あまり人もいなくてホッとする。

小さなバッグには必要最低限のものしか入っていない。

少しパウダーをはたいて、それからリップを塗り直す。

着物を汚さないように気を付けて、いつもよりも時間がかかってしまった。

恭弥さんが捜していなければいいけれど。

少し急いで会場に戻ろうとした。

その時、背後から「伊都」と呼ばれた。でもその声に覚えがあって怖くて振り向けない。

「今日は随分見違えたな。金持ちの女になると違うもんだな」

声を聞くだけで総毛立つ。そのまま気が付かないふりをして速足で先を急ごうとしたが、着物でうまく足がさばけず、すぐに手を掴まれた。

「やめてください。谷口課長」

思い切り振り払おうとするが、きつく握られてまったく歯が立たない。

「痛い」

「だったら抵抗をやめればいい」

あの頃と変わらないひどく低く脅すような声に、虐げられていた頃が思い出される。

大丈夫、あの頃の私とは違う。二年間ひとりで頑張ってきたし、今の私には彼、恭弥さんもいる。

「やめないわ。あなたの言いなりになんてならない」

私はどうにかして良介の腕を引きはがそうとする。

「どうして私にこだわるの。最初に裏切ったのはあなたよ」

「俺がなにをしようが関係ない。お前は俺のものだ、これからもな」

私は恐怖で身震いした。この人はいったいなにを言っているのだろうか。

到底理解できない話をしている。

「お前しかいないんだ。俺たちはやり直せる。お前だって俺と結婚できてうれしかっただろう」

怖い。

ただそのひと言だけが頭の中に何度も浮かんでくる。

「本当にやめて！　警察を呼びますよ」

運の悪いことにここは奥まったところにあって人通りが少ない。

スタッフも今日はパーティの方に駆り出されているのか、さっきからひとりも通らない。

その上小さなバッグだったのでスマートフォンも持っていなかった。

「警察。いいな、この写真を見せればきっと俺たちの関係が証明される」

「な、なにそれ！」

彼が私に見せた画面には、二年前の私が写っていた。それも一枚だけではない。何枚もだ。

ふたりで出かけた時の写真。結婚式の写真や、新婚旅行の写真。あの頃のなにも知らない私が笑顔で写っている。私にとっては苦い思い出以外の何物でもない。

「いつまでそんな写真を……」

私は過去がフラッシュバックしそうになって、その場にうずくまりたくなるのを必死で耐えた。

「なあ、八神から金をいくらか引っ張れないか？　そうすれば俺は綺麗さっぱりお前を忘れるから」

「できるわけないでしょ」

まさか……お金に困っているの？

御門システムズの給与は、同じ規模の会社と比べるといい方でしかも彼は役職付きだ。決して独身ならば生活に困るような額ではない。なのになぜ？

「お前と別れてからさんざんだよ。あの時の女に騙されて借金を負った。それがきっかけで雪だるま式に増えていった金を返さなきゃいけないんだ。伊都がいればまだ頑張れると思った。でもダメなら金だけでもなんとかできないか？」

彼が借金に困っているのは自業自得だ。それなのになぜ私が今なお彼に苦しまされなければいけないのだろうか。

「どうして……そんなことに」

あの頃の彼は、私にはひどい態度だったけど仕事はできたし、周りともうまくいっていた。

なのに、今の彼は目を逸らしたくなるほどひどい。

「なぁ、伊都。俺はお前がいないとダメなんだ。お前以上に俺に優しくしてくれる人はいないんだ。だからお前を捜して転職までしたのに」

私を追いかけてきた。その事実に背筋に冷たいものが走り、嫌悪感で皮膚が粟立つ。

「私たちはもう他人なの、だからもうしつこくしないで。借金だって私には関係ないもの」

そもそも私との離婚を決定づけた相手との間の借金を、なぜ私がどうにかしなくちゃいけないのだ。こんな理不尽な要求を受けられるわけなどない。

「冷たいな。婚姻届を出せば夫婦になれる。あの頃に戻れるだろう」

良介はじりじりと距離を詰めてくる。目が血走っていて、まったく私の話に聞く耳を持たない。

彼の狂気を感じて身震いした。でもここで怯んだらダメだ。気持ちを強く持った。

「私は、もう二度とあなたに関わりたくないのっ」

しかし私の言葉に、良介は激高した。

「なんでだ！　なぜそんなことを言うんだ！　お前がいなくなったせいだ、全部！　お前がっ。伊都のせいだ。お前だけ幸せになるなんて絶対に許さないからな」

両肩を持って強く揺すられる。後ろの壁にぶつかる寸前、良介が私の目の前から消えた。

ドンッという音がして良介が床に転がっているのが目に入る。

「伊都、大丈夫か」

私の視界は、恭弥さんでいっぱいになる。

「きょ、う……やさん」

緊張の糸が切れてぶるぶると体と声が震える。それと同時になんとか耐えていた涙があふれだした。

「……っう……こ、怖かった」

「気が付くのが遅れてすまない。もう大丈夫だから。深呼吸して落ち着いて」

彼に抱きしめられその匂いをかぐと、恐怖が薄れていく。私がどれほど彼に頼り切っているのかがわかる。

「伊都、なぁ。お前から頼んでくれよ」

後から来た京本さんが良介の腕を後ろにひねり、動けなくしている。イヤホンマイクでどこかに連絡していた。

「なぁ、伊都！」

良介が、私の名前を叫んだ瞬間。

恭弥さんが体を翻し、良介の胸倉を掴み壁に押しつけた。

「二度とその汚い声で、伊都の名前を呼ぶな。わかったな」

初めて聞いた、低くて凄みのある声。

ぎゅうっと押しつけられた良介は声も出せないようで、ただ必死に頷いている。

「社長、そのくらいで」

「警備室に連れていけ」

「はい」

京本さんは良介の腕を掴み暴れないように肩を押さえながら歩かせた。

「ご、ごめんなさい」

「いや。御門システムズの参加者は大野さんの予定だったんだ。だから安心しきっていた。悪い」

彼は話をしながら、私の様子を注意深く確認している。

「恭弥さんが守ってくれました。だから……大丈夫……です」

頑張って気丈に振る舞おうと思った。しかし足に力が入らない。

「少し我慢して」

恭弥さんはそう言うと、私をさっと抱きかかえた。そしてそのままエレベーターに向かう。

「このままあの会場に戻すわけにはいかない。部屋で少し休もう」

「でも、まだ……」

最後のお見送りがあるはずだ。それに参加できないとなるとパートナーとしての役割を果たせない。

彼は有無を言わせず部屋に私を連れ帰る。

「俺を思うなら、ゆっくり休んでいて。それとも俺がここで見張っていようか？」

そんなことをしたら、彼まで不在になってしまう。それだけは絶対にダメだ。

「わかりました。ここで待っています」

今無理をしても足手まといになる。

「いい子だ。終わったらすぐに戻るから」

彼は私の額にキスをして部屋を出ていった。

彼が出ていくのと入れ替わりに、今朝担当してくれたヘアメイクの人たちが来て、着物を脱がせてくれる。

その時に良介に掴まれた腕に引っかかれた痕が見つかり、すぐに消毒をしてガーゼと包帯が巻かれた。

そして少しの間、ゆっくりするようにと紅茶を淹れてくれた。ホッとひと息つくと、昨日からの寝不足と緊張、良介のストレスで疲れ切っていた私は、そのままソファでまどろんだ。

どのくらいそうしていたのだろうか、扉が開く音がして目が覚めた。

「伊都、調子はどうだ？」

「大丈夫です。ゆっくりしたらすっきりしました」

しかし次の瞬間に良介を思い出し、自分で自分の体を抱きしめた。

「怖かったよな。助けに行くのが遅くなってすまない」

恭弥さんは私を抱きしめてくれた。

「確かに怖かったです。でも私、ちゃんと自分で断れました。それは恭弥さんのおかげです」

「俺の？」

「そうです。私には恭弥さんがいるって思ったら、気持ちを強く持てました。きっとひとりならできなかった」

「伊都……」

彼はそっと体を離し慈しむような優しいまなざしで、私を見つめ頭を撫でてくれた。

「伊都、よく頑張ったな。過去を自分で乗り越えたんだ」

私は甘えるように彼に抱きついた。

「恭弥さんが私に自信をつけてくれました。それなのに今日は最後まで一緒にいられなくてごめんなさい」

「伊都が無事ならそれでいいんだ。俺にとってなによりも大切なのは伊都だから」

このままでいいと言ってくれる彼だから、私はもっと変わりたいと思う。抱きしめられたまま、良介の話を聞いた。

「谷口だが、保安部から警察に先ほど引き渡された。もちろん会社の方に連絡が入るだろう。御門システムズとの契約については多少問題になるかもしれないが、締結済みであり、彼個人の問題であることが考慮されて、おそらく条件を変えずにいけると思う」

「そうしてくれると、ありがたいです」

大野君の頑張りが、良介のせいで台無しになるのは避けたい。

「谷口は間違いなく解雇だな。どうやらあまりよくない方面に多額の借金があったらしい。調べると前の会社で横領の疑いが出てきた。おそらくそれが公になる前に転職したんだろうな。御門システムズの方にもその件は伝えたから、調査をするはずだ。おそらく刑事罰はまぬかれないだろう」

元夫とはいえ、かけらも同情するつもりはない。

「恭弥さん、いつの間に谷口課長について調べていたんですか？」

「大事な伊都になにかあっては困るからね。いつでも伊都を手助けできるように情報だけは手にしておくべきだと思ったんだ」

　私の知らないところでも、恭弥さんは私を気にかけてくれている。彼の深い愛が伝わってきて、こんな時なのにどうしようもなく胸がときめく。

「きっと離婚して初めて伊都の大切さに気が付いたんだな。とんでもないバカだ。でもそのおかげで俺は伊都をこうやって独占できているんだな」

「私もあの頃は、考えることを放棄していたから」

　心も体も疲弊して、言う通りにしているのが一番楽だった。

「今俺の腕の中にいる伊都は、自分の考えを持って行動できる立派な女性だよ。君が俺の恋人で誇らしい」

「恭弥さん……私そんな人間じゃないのに」

「俺がそう思うんだ。だからもう自分を軽んじるのはやめような」

「はい」

　彼に言われると素直に頷ける。彼のくれる言葉はいつだって前向きで私を勇気づけてくれるから。

「かわいい伊都に、キスがしたいんだけど」

　私は微笑むと、ゆっくりと目を閉じた。そして彼の唇を待つ。

そっと触れた唇から伝わる熱。優しく慈しむようなキスで彼の気持ちが伝わってくる。

私の気持ちもちゃんと彼に伝わってほしい。そう思いながら彼の首に腕を回してより深いキスを求めた。

第六章　あなたとともに

パーティのあった翌日。

私を心配する恭弥さんは仕事を休むようにと何度も言ってきたけれど、私がこういう時こそ働きたいと伝えると「伊都らしいな」と困ったように笑って送り出してくれた。

その日、良介は出社しておらず、午後になって警察から会社に連絡があったという噂が流れた。

それから一週間も経たずに、解雇の通達が出た。前職での横領で逮捕され、調べると御門システムズでも経費の不審な動きがあったようだ。その上先日私への行為で厳重注意されたばかりだったので、自主退職は認められず解雇となった。

同時に私に対するストーカー行為も、警察に被害届を出し接見禁止命令が出された。本来ならもう少し時間がかかるものらしいけれど、恭弥さんが尽力してくれたおかげで、法にも守ってもらえるようになった。

巻き込まれた私は、社内でも少し注目されたけれどそれも同情の目が多く、問題なく仕事をしている。

なによりも深く傷つかないで済んだのは、恭弥さんのおかげだ。彼がずっと寄り添ってくれたおかげで、私は自分らしくいられるのだから。


パーティから二週間ほど経ったある日。

――クローゼットの中？

私は自分のスマートフォンの画面を見ながら首を傾げた。彼から送られてきたメッセージの指示に従ってクローゼットを開ける。

「これって……もしかして」

すっかり見慣れてしまった、ブランドのボックスにはリボンがかかっていて、そこにカードが挟まっている。手に取ってみると【かわいい伊都へプレゼント】と書かれていた。

ここはグランドオクト東京のスイートルーム。恭弥さんが普段使っている部屋だ。ここに来るのも三度目だけれど、やっぱりいまだにそわそわしてしまう。

仕事帰りに彼にここに呼び出された。家でも会えるけれど、こうやってここで会えば短い時間でもデート気分で過ごせる。彼曰く『グランドオクト東京は恋人と最高の時間を過ごせる空間』なのだそうだ。私もそう思う。

忙しい毎日から少し距離を取り、非現実を味わう。恋人とでなくてもきっと上質な時間が味わえるだろう。


彼に言われるまま、プレゼントされた洋服に着替え、彼の迎えを待つ。

出会った日のように『似合わないから』と辞退はしないけれど、少々私に甘すぎる。

「なに考えているか、当てようか？」

「恭弥さん、おかえりなさい」

準備に一生懸命で、彼が部屋に入ってきたことに気が付かなかった。

「また無駄遣いして！だよな」

「無駄遣いとは思わないけど。もったいないなって」

以前買ってもらったものも、気に入っていて大切にしている。毎日着るものでもないので、出番が少なくてもったいなく感じてしまうのだ。

「かわいい伊都が見たいだけ。俺にとってはこれ以上有意義な投資はないから」

彼はそう言いながら、鏡の前で髪をといていた私からブラシを取ると、彼自らブラッシングしてくれる。

「綺麗な髪だな」

ひと房手に取った彼が、そこに口づける。

彼の手で綺麗に仕上げられた私は、にっこりと微笑んでみせた。鏡越しに見る彼は満足そうに笑っている。

「では、出かけましょうか？　シンデレラ」

「シンデレラって魔法が零時に解けちゃうでしょ？」

時計を見るとすでに二十三時を過ぎてしまっている。

「俺のシンデレラの魔法は解けないよ。伊都が俺のそばにいる限り」

他の人なら到底口にできないような甘いセリフ。でも彼が言えば、私は本当に彼だけのシンデレラになれたような気がする。

差し出された腕に手をかける。

部屋を出てエレベーターに乗って一階のボタンを押した。

「こんな時間からいったいどこに行くの？」

「いいから、ついてきて」

彼は時々秘密主義だ。でも行き先がわからなくても、これからなにがあるかわからなくても平気だった。

彼さえそばにいてくれれば、いつだって私は幸せだと思えるから。

腕を絡めたまま、彼の顔を見る。いつだってカッコいいけれど、私といる時に見せる笑顔に勝るものはない。

「なにかついてる？」

「いいえ」

恥ずかしくて伝えられない。

「秘密主義？」

「それは恭弥さんだと思います」

お互いに笑いながらエレベーターを降りた。

深夜にもなるとフロントにスタッフが二名いるだけで、宿泊客の姿もなかった。

「こっちだ」

「え、でも……外に行くんじゃないんですか？」

「いいや、ついてきて」

すでに明かりが落ちて、立ち入り禁止のロープが張られている。しかし彼はそれを気にせずどんどん歩いていく。

もちろん彼を止める人なんていないけれど、この先にいったいなにがあるのだろうか。

営業時とは違い、明かりの絞られた廊下を歩く。ふたり分の靴の音だけが響く不思議な空間。

目の前には営業が終わったはずの、カフェラウンジがあった。

そう……終わったはずなのに、なぜだか中央のテーブルだけ明かりがついており、そこには大きなケーキと、抱えきれないほどの深紅のバラの花がテーブルにのっていた。

「どうぞ」

驚いて足を止めていた私を、彼が丁寧にエスコートする。

差し出された大きな手に、自分の手をのせてゆっくりと歩く。

席に到着したら、彼が椅子を引いてくれたので座る。

次いで彼も向かいの席に座ると思っていたのに、その場に膝をついて私を見つめている。

「恭弥さん？」

私の問いかけに目を伏せたかと思うと、懐からなにかを取り出し私の方へ差し出した。

「伊都、結婚してほしい」

彼が持っているのは、深い紺色の箱に入った指輪。それも目を見張るほど大きなダイアモンドが中心できらめいている。

「あ、え……」

突然で思考が追いつかない。

結婚……プロポーズ。

その単語が頭の中に浮かんできて、やっと頭が回りはじめた。

私、もう一度結婚するの？

恭弥さんと真剣に交際している。その延長上に結婚があるかもしれないとふと思ったりもした。

でも私にとって一度失敗してしまった結婚に、もう一度チャレンジするのはかなりハードルが高い。

環さんや彼のご両親は、事情を知った上で私を受け入れてくれた。そして誰よりも恭弥さんは私を一番理解してくれている。

その彼が望むなら……。

「伊都？」

彼が指輪を差し出したまま、私の名前を呼んだ。あまりにも私の反応がないから心配しているのだろう。

「私……恭弥さんが好きです」

「うん」

感動で目頭がすごく熱い。

「だから……」

「だから？」

声が震えてうまく話せない私の言葉を彼は待ってくれる。

「あなたと結婚したい。よろしくお願いします」

小さな声になってしまった。それでも彼に私の声はしっかり届いていた。

「これから先の人生、伊都と歩ける俺は世界一、幸せ者なんだろうな」

彼は小箱から指輪を取り出すと、私の左手を取り、薬指にはめてくれた。

思ったよりもずっしりとした感覚。彼の愛と覚悟が詰まっている。

「伊都、愛している」

彼は指輪のはまった手を取り、そこに口づけをした。

愛を誓うその姿は、私の知っているどんな人物よりも素敵でカッコよかった。

「私も恭弥さんを愛しています。これから先の人生のすべてをあなたとともに」

どんな困難が待っているかわからない。

それでもやっぱり、彼のそばでそれを受けとめ一緒に解決していきたい。本当の結婚の意味、夫婦のあるべき姿。

そんな光景が彼とならば想像できる。

「では、まもなく俺の妻となる伊都に」

彼は立ち上がって、ワゴンの前に立つ。そこにはティーセットがあり、彼が洗練された手つきで紅茶を注いでくれる。

ほわほわと湯気の立つ紅茶の入ったカップ。

「恭弥さんにお茶を淹れてもらえるなんて、最高の贅沢ですね」

優雅なしぐさでカップを差し出した。

「伊都を独占できる俺の方が、ずっと贅沢だと思うけど」

「えっ」

受け取ろうとして手を伸ばしたカップを彼が横によけた。その代わりにと私の唇にキスを落とした。

「お代は先にいただきました」

紳士で上品で優雅。でも情熱的で深い愛を持つ若きホテル王。

そんな彼の愛を一身に受ける私は、彼の前だけではシンデレラでいられるような気がした。

ふたりでいる間は……永遠に。

END

特別書き下ろし番外編

家族のかたち

　街の中がなんだか甘い匂いに包まれる二月のはじめの日曜日。

　マフラーの中に顔をうずめながら、私は軽い緊張を覚えながら駅に向かって歩いていた。

「伊都！」

「お母さん、お父さん！」

　手を振りながら改札口から出てくる両親に、私は思わず駆け寄った。

「久しぶりだね、元気だった？」

「あなたが、なかなか帰ってこないから会えないだけでしょう？」

「えっと……それはそうなんだけど」

　新幹線に乗ればすぐに到着する距離にある実家だけれど、忙しさにかまけてあまり帰省せずにいた。母とはマメに連絡を取ってはいたが、父とは交流する機会がほとんどなかった。今日もぐいぐいくる母とは違って、父は黙ったままニコニコしている。

「でも本当に東京は人が多いわね！　お父さん、聞いてる？」

母の呼びかけに黙ったまま頷く父を見て、いつもと変わらないやり取りにホッとする。

「とりあえず、タクシーに乗ろう」

まだまだ話を続ける母をタクシーに押し込んで、私たちはグランドオクト東京に向かう。今日は両親に恭弥さんを紹介する予定になっている。

「伊都、あなたいきなり結婚するなんて言い出すから驚いたのよ。それに相手が八神の御曹司だなんて、大丈夫なの？」

「お母さん……」

ちらっとタクシーの運転手さんを気にするが、プロなので聞こえていないふりをしてくれている。

「確かに驚かせたのは悪かったと思ってるわ。でもお母さんが心配するような人じゃないの。とっても素敵な人で――」

「そう言って結婚して失敗したのは、誰よ」

容赦ない母の言葉が胸に刺さる。

「厳しい言い方をしてごめんね。でもね、心配なの。もうあんな風に傷つく伊都をお父さんもお母さんも見たくないのよ」

両親がそう言うのもわかるのだ。

わずかな結婚生活の後、ぼろぼろになった私。その上良介は私の居場所を捜すために、両親にも接触していたようなのだ。

「確かに、前の結婚はお父さんにもお母さんにも迷惑をかけた。でもあの結婚に縛られたまま、前に進めない自分は嫌なの。恭弥さんにはすべてを話してそれでも私と結婚したいと言ってくれている。だから前に進みたい。できればお父さんとお母さんに祝福されてから」

素直な気持ちを伝える。大切な両親だから、私の立ち直った姿を見てほしい。

「わかったわ。でもお母さんは厳しく相手を見るからね。覚悟しておきなさい」

母の目は本気だ。私を思う故だとわかっているけれど、できれば大きなトラブルなく今日の食事会が終わるようにと祈る。

車止めにタクシーがゆっくりと停車する。スタッフが出迎えに来る場面だがタクシーを降りた私の目の前には、恭弥さんが待ち構えていた。

「お待ちしておりました。はじめまして、八神恭弥です」

折り目正しい挨拶を受けた両親はその場に固まってしまった。

「あ、あの、この人が？」

「うん、私の……お、夫になる人」

なんとなく気恥ずかしくて、言葉が詰まってしまった。

両親はまだぼーっと恭弥さんを見つめている。反応ができないのも無理もない。それくらい彼はカッコいいのだ。なんだか今日はまとう空気すらきらきらしているように見える。それも極上の笑みのせいだろうか。

「すみません、本来なら私がご挨拶に伺うべきなのですが、できたらご両親にもうちのホテルを楽しんでいただきたく、ご招待させていただきました」

「はぁ……ありがとうございます」

母の気の抜けた声に合わせて、父も頭を下げている。

「お母さん、大丈夫なの？」

こっそり肘でつついて、様子をうかがう。

「だ、大丈夫じゃないわよ。あんなにイケメンだなんて、お母さん聞いてないからね」

あまりの慌てように、思わず笑ってしまった。確かにここまでカッコいい人は一生に一度会うかどうかわからない。両親の反応も頷ける。

「では、まずは食事にしましょう。どうぞこちらへ」

エントランスに向かって歩いていく間、両親は初めてのグランドオクト東京に少々興奮気味。

少しだけ前を歩く恭弥さんは、ちらっと私と目を合わせると少し照れたように笑った。

しかし目が合っていたのは一瞬で、すぐに離れた場所に視線を動かした。

「ちょっと、すみません」

彼は私たちに断りを入れると、人の行き交うエントランスを歩き出した。

どうしたのかと彼の行き先を目で追うと、ひとりの女性が青い顔をして立っていた。

「お客様、いかがいたしましたか？」

彼が声をかけた瞬間、女性がその場にしゃがみ込みそうになる。しかし彼がそれを支えた。私は思わず駆け寄って、一緒に様子をうかがう。

「大丈夫ですか？」

私の声かけに女性が頭を左右に振った。体調がよくないらしい。そうこうしていると、ホテルのスタッフがふたりやってきた。

「こちらの女性がソファに移動するのを手伝って、あと君は申し訳ないが、彼女とご両親の案内を頼む」

ふたりのスタッフは各々の指示に静かに頷いた。

「伊都、すまないが先に行ってご両親と待っていてほしい。俺はこちらの女性の状態を確認してから行くから」

「はい」

「すまない。ご両親にも謝っておいてくれ」

私が笑顔で頷くと、彼はグランドオクトホテルの社長の顔になり、急病人の女性の介助を始めた。

私は恭弥さんに言われた通りに、スタッフに案内されて両親と先にホテル内の和食店に向かう。

三階にある和食の店はいくつかの座敷と、テーブル席がある。顔合わせや結納で使う人たちも多いと聞く。

かく言う私たちもそうなのだが、予定外の出来事が起こってしまった。

通された個室は、窓から小さな庭園が見える。庭園の規模は小さいけれど、きちんと手入れされており、玉砂利やししおどし、苔むした灯篭など都会の真ん中にいながら、和の静寂を感じられる素晴らしい造りだ。

案内された席には、黒檀のテーブルと椅子が並んでおり、奥の席に両親を座らせた。

待っている間に、お茶とお菓子が出された。両親はそれを美味しそうに食べながらひと息つく。

「恭弥さん、さっき謝っていたわ」

両親は特別気にした様子もなく、「美味しいわね」と微笑み合っている。我ながらマイペースな両親でホッとした。

近況の報告などをしていると、部屋がノックされた。「はい」と返事をしたら、恭弥さんが入ってきた。

「お待たせして申し訳ありません」

深々と頭を下げた彼は、顔を上げてからも謝罪を続ける。

「せっかく来ていただいた大事な席にもかかわらず、すみませんでした」

恭弥さんの謝罪に両親は笑みを浮かべている。

母が口を開きかけたのを、父が止めた。

「八神さん、そんなに謝らないでください。私はあの場ですぐに女性のもとに駆けつけて最後まで付き添ったあなたのような方が、娘の相手で本当によかったと思っています」

「お父さん……」

我が家では意見を言うのは母の役割で、反対に父は本当に物静かで、優しく見守るタイプの人だ。そんな父の言葉だから私は余計にうれしくなる。

「そう言ってもらえて、ホッとしました」

恭弥さんの顔がわずかに緩む。

私もおおらかな両親がこの程度で怒るとは思っていなかったけれど、それでも少しは不安だったので安心した。

父の隣にいる母もニコニコと笑っている。

「伊都ってば、本当にいい人を見つけたわね」

母も彼を歓迎してくれているようだ。

父が恭弥さんを椅子に座るように促すと、彼が私の横に座った。目が合うと、わずかに柔らかい表情になってホッとする。

タイミングを見計らったかのように、料理が運ばれてきた。

並んだ料理は、彩りが素晴らしくまるで宝石箱のようだ。母はうれしそうに頬を緩め、父はとくに旬の金目鯛の煮つけを気に入ったようでしきりに褒めていた。

時折、私の小さな時の話などを織り込みながら、食事の時間は和気あいあいと過ぎていく。

食後のお抹茶と寒椿を模した練り切りが運ばれてきたタイミングで、恭弥さんが姿勢を正すと、部屋の空気が一瞬にして変わる。

彼は両親の顔を順番に見てから口を開いた。

「伊都さんとの結婚のお許しをいただきたく思います」

彼は前置きなくストレートに両親に向かってそう言った。

父が逡巡してからおもむろに口を開いた。

「八神さん。伊都の過去はもうご存じかと思います。親としては娘にもう二度とあんな思いをしてほしくないんです」

——お父さん。

私が傷ついていた時、言葉は少なかったけれど寄り添ってくれた。でも両親も私と同じくらい、悲しい思いをしたのだろう。

「伊都さんの過去も今もすべて含めて、彼女と一緒にこの先を生きていきたいと思っています。ご両親が大切に育ててきた彼女を私にも守らせてください」

あぁ、私はこの人と出会えて本当に幸せだと思う。これまであった嫌なことなんて吹き飛んでしまうほどの僥倖で胸がいっぱいだ。

父も心なしか目が潤んでいる。

「八神さんのような方が、伊都を守ってくれるなら、親としてこれ以上の安心はありません。どうか、娘を幸せにしてやってください」

恭弥さんはもう一度両親の顔をしっかり見た。

「はい。ありがとうございます」

私は恭弥さんと一緒に、深く頭を下げた。

「お父さん、お母さん。今までありがとう」

涙声になったけれど、しっかりと伝わったと思う。母が大粒の涙をハンカチで拭う姿があったから。


恭弥さんの計らいで、両親はグランドオクト東京で一泊して東京を楽しんで帰るようだ。私も明日は両親の観光に付き合うつもりだ。

私たちは、いつもの部屋に戻ってくる。何度か訪問するうちにここにもすっかり慣れて、今は居心地のよさすら感じる。

一緒に帰ってきた彼が、ネクタイを緩めながら「はぁ」と息を吐いた。

「恭弥さん、お茶飲みますか?」

「あぁ、ありがとう。いただくよ」

私はこの部屋に常備されているオリジナルブレンドの紅茶を用意する。私がこの部屋を頻繁に訪れるようになってから常備されはじめたもののひとつだ。こうやって彼の生活の一部に自分の痕跡を見つけるとうれしくなる。

彼よりも上手に淹れられるように努力しているのだが、今日の出来栄えはどうだろうか。

彼の前のテーブルに置く。すぐにひと口飲んで「美味しい」と言った彼を見てホッとした。

「緊張していたから、無事に終わってホッとした」

「緊張？　恭弥さんが？」

「あたりまえだろう。大好きな子との結婚の許可をもらうんだから」

彼はちょっと不機嫌そうに軽く私をにらんだ。

「そ、そうだったんですね。でも全然気が付きませんでした。きっと両親もわかってないと思います」

「だったらいいけど。伊都やご両親の前では頼りがいのある男でいたいから」

今日ここに両親を招待したいと言ったのは、彼だ。ここに来てもらった方が自分という人間について理解しやすいだろうからと。

私もそう思ったし、母はラグジュアリーホテルに滞在できると心から喜んでいた。

「両親の気持ちまで考えてくださってありがとうございます」

「あたりまえだろう。人との繋がりが増えていくんだから、このぐらいは丁寧にしないと」

私は言おうかどうしようか、迷っていたことを口にする。

「実は、両親とちゃんと話ができるようになったのは離婚を経験してからなんです。両親はずっと仕事で忙しくて、今は亡き祖母に育ててもらって、小さな頃の思い出は祖母とのものが圧倒的に多いんです」

鍵を開けて誰もいない家に帰るのが嫌で、いつも近所に住んでいた祖母の家に滞在していた。

「そんな関係だったのに、離婚後の両親は私に寄り添ってくれて。心配しかかけていない親不孝な娘でした」

「伊都、そんな風に言うもんじゃない」

彼は私を引き寄せて膝に座らせると、優しく頭を撫でた。

「だから今日、恭弥さんとの結婚の報告ができて、すごく大きな親孝行ができたと思っています。ありがとうございます」

彼は私の頬に手を添えて、微笑んだ。彼の笑顔を見ているとそれだけで幸せだと思える。

「伊都、みんなに愛されて育った君は、幸せになるべき人だ。君を一番笑顔にできる役割がもらえて俺はうれしい」

「恭弥さん……」

思わず目が潤んでしまう。

涙がこぼれる前に、彼が目じりに優しくキスをした。

「今度、お祖母様のお墓参りにも行こう」

「はい」

彼は私の髪を梳きながら、何度も私の顔に唇を寄せた。

「これからは、ずっとふたり。幸せになるんだ」

「はい。恭弥さん」

彼の言葉ならどんな荒唐無稽なものでも信じられる。私の愛した人だから。

END

あとがき

はじめましての方も、お久しぶりの方も。こんにちは、高田ちさきです。

このたびは「バツイチですが、クールな御曹司に熱情愛で満たされてます!?」をお読みいただき、ありがとうございます。

今回のお話は、初めてのバツイチヒロインです。傷ついた過去からしっかりと立ち直って幸せになっていく様を楽しんでください。

お話の中の韓国旅行に行くシーンですが、かかりつけの歯科医院で読んだ雑誌に特集が組まれていて、それがきっかけでお話に盛り込みました。

私が最後に韓国旅行に行ったのは、もう十年以上前になります。きっと今とは全然違うんだろうな。また行ってみたいなと思っています。

（その前に、目の前にある山積みの仕事をどうにかしないとですが！）

執筆中に、旅行について調べはじめると余裕で二、三時間経過してしまいます。部屋から一歩も出ていないのに、楽しい気分になるのでおすすめです。

最後にお礼を。

素敵な表紙を描いてくださった夜咲こん先生。恭弥の視線が色気にまみれていて最高です！　私の想像の数倍かわいい伊都が見られてとってもうれしいです。

プロット段階から「なにも思いつきません」と言っていた私に、アドバイスをくださった担当編集さん。ヘンテコな文章を読めるようにしてくださるライターさん&校正さん。店頭に並ぶまでのあれこれをしてくださった、出版社の方々。いつもありがとうございます。

そして最後にここまで読んでくださった方々。

SNSだったり、ファンレターだったりで感想をくださりありがとうございます。なかなかお返事ができずに心苦しいのですが、すべて目を通して時々引っ張り出してきてはにやにやしながら読んでいます。

今後も精進してまいりますので、よろしくお願いいたします。

感謝を込めて。

高田《たかだ》ちさき

高田ちさき先生への
ファンレターのあて先

〒104-0031
東京都中央区京橋1-3-1
八重洲口大栄ビル7F
スターツ出版株式会社　書籍編集部　気付

高田ちさき先生

本書へのご意見をお聞かせください

お買い上げいただき、ありがとうございます。
今後の編集の参考にさせていただきますので、
アンケートにお答えいただければ幸いです。

下記URLまたは二次元コードから
アンケートページへお入りください。
https://www.ozmall.co.jp/enquete/IndexTalkappi.aspx?id=2301

バツイチですが、クールな御曹司に
熱情愛で満たされてます!?

2024年7月10日　初版第1刷発行

著　　者　高田ちさき

発 行 人　菊地修一
デザイン　カバー　ナルティス
フォーマット　hive & co.,ltd.
校　　正　株式会社鷗来堂
発 行 所　スターツ出版株式会社
〒104-0031
東京都中央区京橋1-3-1　八重洲口大栄ビル7F
TEL　03-6202-0386（出版マーケティンググループ）
TEL　050-5538-5679（書店様向けご注文専用ダイヤル）
URL　https://starts-pub.jp/
印 刷 所　大日本印刷株式会社

Printed in Japan

ISBN 978-4-8137-1606-8　C0193

ベリーズ文庫 2024年7月発売

『失恋婚!? ～エリート外交官はいつわりの妻を離さない～』 佐倉伊織《さくらいおり》・著

都心から離れたオーベルジュで働く一華。そこで客として出会った外交官・神木から3ヶ月限定の"妻役"を依頼される。ある政治家令嬢との交際を断るためだと言う神木。彼に惹かれていた一華は失恋に落ち込みつつも引き受ける。夫婦を装い一緒に暮らし始めると、甘く守られる日々に想いは膨らむばかり。一方、神木も密かに独占欲を募らせ溺愛が加速して…!?

ISBN 978-4-8137-1604-4／定価781円（本体710円＋税10%）

『不本意ですが、天才パイロットから求婚されています～お見合いしたら容赦ない溺愛に包まれました～【極甘婚シリーズ】』 田崎《たさき》くるみ・著

呉服屋の令嬢・桜花はある日若き敏腕パイロット・大翔とのお見合いに連れて来られる。断る気満々の桜花だったが初対面のはずの大翔に「とことん愛するから、覚悟して」と予想外の溺愛宣言をされて!? 口説きMAXで迫る大翔に桜花は翻弄されっぱなしで…。一途な猛攻愛が止まらない【極甘婚シリーズ】第三弾♡

ISBN 978-4-8137-1605-1／定価781円（本体710円＋税10%）

『バツイチですが、クールな御曹司に熱情愛で満たされてます!?』 高田《たかだ》ちさき・著

夫の浮気によってバツイチとなったOLの伊都。恋愛はこりごりと思っていたある日、高級ホテルで働く恭弥と出会う。元夫のしつこい誘いに困っていることを知られると、彼から急に交際を申し込まれて!? 実は恭弥の正体は御曹司。彼の偽装恋人となったはずが「俺は君を離さない」と溺愛を貫かれ…！

ISBN 978-4-8137-1606-8／定価781円（本体710円＋税10%）

『愛に目覚めた凄腕ドクターは、契約婚では終わらせない』 緒莉《おり》・著

小児看護師の佳菜は病気の祖父に手術をするよう説得するため、ひょんなことから天才心臓外科医・和樹と偽装夫婦となることに。愛なき関係のはずだったが――「まるごと全部、君が欲しい」と和樹の独占欲が限界突破！ とある過去から冷え切った佳菜の心も彼の溢れるほどの愛にいつしか甘く溶かされていき…。

ISBN 978-4-8137-1607-5／定価770円（本体700円＋税10%）

『契約結婚、またの名を執愛～身も心も愛し尽くされました～』 山野辺《やまのべ》りり・著

OLの希実が会社の倉庫に行くと、御曹司で本部長の修吾が女性社員に迫られる修羅場を目撃！ 気付いた修吾から、女性避けのためにと3年間の契約結婚を打診されて!? 戸惑うも、母が推し進める望まない見合いを断るため希実はこれを承諾。それは割り切った関係だったのに、修吾の瞳にはなぜか炎が揺らめき…！

ISBN 978-4-8137-1608-2／定価781円（本体710円＋税10%）

ベリーズ文庫 2024年7月発売

『離婚まで30日、冷徹御曹司は昂る愛を解き放つ』木下《きのした》杏《あんず》・著

OLの果菜は恋愛に消極的。見かねた母からお見合いを強行されそうになり困っていた頃、取引先の御曹司・遼から離婚ありきの契約結婚を持ち掛けられ…!?　いざ夫婦となるとお互いの魅力に気づき始めるふたり。約束1年の期限が近づく頃――「君のすべてが欲しい」とクールな遼の溺愛が溢れ出して…!?

ISBN 978-4-8137-1609-9／定価781円（本体710円＋税10%）

『怜悧な外科医の愛は、激甘につき。～でも私、あなたにフラれましたよね?～』夢《ゆめ》野《の》美《み》紗《さ》・著

高校生だった真希は家族で営む定食屋の常連客で医学生の聖一に告白するも、振られてしまう。それから十年後、道で倒れて運ばれた先の病院で医師になった聖一と再会！　そしてとある事情から彼の偽装恋人になることに!?　真希はくすぶる想いに必死で蓋をするも、聖一はまっすぐな瞳で真希を見つめてきて…。

ISBN 978-4-8137-1610-5／定価781円（本体710円＋税10%）

ベリーズ文庫 2024年8月発売予定

Now Printing

『メガネを外すと彼は魔王に豹変する【極上双子の溺愛シリーズ】』滝《たき》井《い》みらん・著

日本トップの総合商社で専務秘書をしている真理。ある日、紳士的で女子社員に人気な副社長・悠の魔王のように冷たい本性を目撃してしまう。それをきっかけに、彼は3年間の契約結婚を提案してきて…!?　利害が一致した愛なき夫婦のはずなのに、「もう俺のものにする」と悠の溺愛猛攻は加速するばかりで…！

ISBN 978-4-8137-1617-4／予価748円（本体680円＋税10%）

Now Printing

『名ばかりの妻ですが、無愛想なドクターに愛されているようです。』雪《ゆき》野《の》宮《みや》みぞれ・著

シングルマザーの元で育った雛未は、実の父がとある大病院のVIPルームにいると知り、会いに行くも関係者でないからと門前払いされてしまう。するとそこで冷徹な脳外科医・祐飛に出くわす。ひょんなことから二人はそのまま「形」だけの結婚をすることに！　ところが祐飛の視線は甘い熱を帯びてゆき…！

ISBN 978-4-8137-1618-1／予価748円（本体680円＋税10%）

Now Printing

『御曹司×社長令嬢×お見合い結婚』惣《そう》領《りょう》莉《り》沙《さ》・著

憧れの企業に内定をもらった令嬢の美汐。しかし父に「就職するなら政略結婚しろ」と言われ御曹司・柊とお見合いをすることに。中途半端な気持ちで嫁いではダメだ、と断ろうとしたら柊は打算的な結婚を提案してきて…!?　「もう、我慢しない」──愛なき関係なのに彼の予想外に甘い溺愛に囲われて…！

ISBN 978-4-8137-1619-8／予価748円（本体680円＋税10%）

Now Printing

『三か月限定!?　空飛ぶ消防士の雇われ妻になりました』一ノ《いちの》瀬《せ》千景《ちかげ》・著

ホテルで働く美月は、ある日火事に巻き込まれたところを大企業の御曹司で消防士の晴馬に助けられる。実は彼とは小学生ぶりの再会。助けてもらったお礼をしようと食事に誘うと「俺の妻になってくれないか」とまさかの提案をされて!?　あの頃よりも逞しくスマートな晴馬に美月の胸は高鳴るばかりで…。

ISBN 978-4-8137-1620-4／予価748円（本体680円＋税10%）

Now Printing

『敏腕パイロットは最愛妻を逃がさない～別れたのに子どもごと溺愛されています～』黒乃《くろの》梓《あずさ》・著

シングルマザーの可南子は、ある日かつての恋人である凄腕パイロット・綾人と再会する。3年前訳あって突然別れを告げた可南子だったが、直後に妊娠が発覚し、ひとりで息子を産み育てていた。離れていた間も一途な恋情を抱えていた綾人。「今も愛している」と底なしの溺愛を可南子に刻み込んでいき…!?

ISBN 978-4-8137-1621-1／予価748円（本体680円＋税10%）

タイトル、価格等は変更になることがございますのでご了承ください。